1966 की लोकप्रिय शायरी

संपादक
प्रकाश पंडित

हिन्द पॉकेट बुक्स
पेंगुइन रैंडम हाउस इम्प्रिंट

हिन्द पॉकेट बुक्स

यूएसए। कनाडा। यूके। आयरलैंड। ऑस्ट्रेलिया। सिंगापुर
न्यू ज़ीलैंड। भारत। दक्षिण अफ्रीका। चीन

हिन्द पॉकेट बुक्स, पेंगुइन रैंडम हाउस ग्रुप ऑफ़ कम्पनीज़ का हिस्सा है,
जिसका पता global.penguinrandomhouse.com पर मिलेगा

पेंगुइन रैंडम हाउस इंडिया प्रा. लि.,
चौथी मंजिल, कैपिटल टावर -1, एम जी रोड,
गुड़गांव 122 002, हरियाणा, भारत

पेंगुइन
रैंडम हाउस
इंडिया

प्रथम संस्करण हिन्द पॉकेट बुक्स द्वारा 1967 में प्रकाशित
यह संस्करण हिन्द पॉकेट बुक्स में पेंगुइन रैंडम हाउस द्वारा 2022 में प्रकाशित

10 9 8 7 6 5 4 3 2

ISBN 9789353493134

मुद्रकः रेप्रो इंडिया लिमिटेड

www.penguin.co.in

MIX
Paper from responsible sources
FSC® C047271
FSC www.fsc.org

This is a legitimate digitally printed version of the book and therefore might not have certain extra finishing on the cover.

हिन्द पॉकेट बुक्स

1966 की लोकप्रिय शायरी

प्रकाश पंडित को विश्व के प्रख्यात संपादकों में गौरवशाली स्थान प्राप्त है। उन्होंने 1960 के दशक में पहली बार नागरी लिपि में उर्दू की चुनी हुई शायरी के संकलन प्रकाशित कर हिन्दी पाठकों को उर्दू शायरी का लुत्फ़ उठाने का अवसर प्रदान किया। हिन्दी एवं उर्दू के सुप्रसिद्ध संपादक प्रकाश पंडित ने शायरी की हरेक पुस्तक में शायर के संपूर्ण लेखन में से बेहतरीन शायरी का चयन किया है और पाठकों की सुविधा के लिए कठिन शब्दों के अर्थ भी दिए हैं। प्रकाश पंडित ने हर शायर के जीवन और लेखन पर – जिनमें से कुछ समकालीन शायर उनके परिचित भी थे – रोचक और चुटीली भूमिकाएं लिखी हैं।

क्रम

सांझ भई परदेस | ‘अदा’ जाफ़री

वे किवाड़ दरवाज़े
राह देखते होंगे
ताक़ पर चिराग़ों के
इक किरन उजाले की
भीक मांगते होंगे।

क्यों झिजक गए राही!
क्यों ठिटक गए राही!
ढूंडने किसे जाओ
इन्तिज़ार किसका हो
रास्ते में कुछ साथी
रह बदल भी जाते हैं
फिर कभी न मिलने को
कुछ बिछड़ भी जाते हैं
क़ाफ़िला कभी ठहरा?
क़ाफ़िला कहां ठहरा?
राह क्यों करे खोटी
किस का आसरा देखे!
चन्द कांच के टुकड़े
इक बिल्लौर की गोली
नन्हे-मुन्ने हाथों का
जिन पे लम्स[1] बाक़ी है
ज़ादे-राह[2] काफ़ी है
ख़ुश्क हो चुके गजरे
किस गले में डालोगी
भूली भटकी ख़ुश्बूओ
किसकी राह रोकोगी
किसने अश्क पोंछे हैं
किसने हाथ थामा है
अपना रास्ता नापो
वे किवाड़ दरवाज़े
राह देखते होंगे

1. स्पर्श 2. मार्ग-व्यय या सफ़र-ख़र्च

कल नई सहर[1] होगी
लाज से भरी कलियां
कल भी मुस्करायेंगी
कल कोई नई गोरी
अधखिली नई कलियां
हार में पिरोयेंगी

(नक़ूश, लाहौर)

1. सुबह

ख़्वाबे-फ़रामोश[1] | 'अंजुम' आज़मी

दिल की धड़कन से अयां[2], ज़िह्न[3] के पर्दों में निहां[4]
धुंदला-धुंदला सा वो इक अक्स[5] तेरे चेहरे का
एक मुद्दत हुई देखा था तुझे
ख़ाल-ओ-ख़त[6] याद न आए मुझको
सुब्ह दम जैसे कोई सोच रहा हो बैठा
रात क्या ख़्वाब नज़र आया था
और इक उम्र गुज़र जाने पर
दफ़अत्तन[7] मेरी तमन्ना की तरह
आईना-ख़ाना-ए-तस्वीर[8] में आज
जल उठीं तेरे ख़तो-ख़ाल की शमएं सारी
और वही रात का भूला हुआ ख़्वाब
तेरी आंखों, तेरे आरिज़[9], तेरे लब[10] की सूरत[11]
सुब्ह दम देख रहा है कोई

(सीप, कराची)

---

1. भूला सपना 2. स्पष्ट 3. मस्तिष्क 4. निहित 5. प्रतिबिम्बत 6. नैन-नक़्श 7. एकाएक 8. तस्वीर रूपी शीशमहल 9. कपोल 10. होंठ 11. तरह

आख़िरी पहचान | अनवार अंजुम

अगर संगदिल है ज़माना तो क्या है
अगर ऐसी दस शादियां भी,
मेरे जिस्म को क़ैद कर लें
तो क्या है
मेरा ज़िह्न[1] जब भी तुम्हारे फ़सानों में[2] खोया रहेगा
कि दिल की रविश[3] पर भला किसका पहरा रहा है

अब इस बार जब दो सुलगते बदन आख़िरी बार
मिलकर जुदा हो रहे हैं
ये वादा करो
उनकी रूहें युंही,
रोज़ मिलती रहेंगी
तुम्हारे लबों पर मेरा नाम अब भी मचलता रहेगा
तुम्हारी निगाहों में अब भी उन आंखों का नक़्शा रहेगा
जो तुम्हारे लिए टिकटिकी बांधकर
ध्यान की सूनी राहों पे बेचैन बैठी रही हैं
मगर हां,
ज़रा देखना
अब वो चूंकि हमारे तुम्हारे बज़ाहिर[4] रवाबित[5]
तो अफ़सोस सब मुन्क़ते[6] हो चुके हैं
इसलिए दोस्तों में मेरे ज़िक्र से अब गुरेज़ां[7] सा रहना

---

1. मस्तिष्क 2. कहानियों में 3. चाल 4. प्रकट
5. सम्बन्ध 6. भंग 7. संकुचित

मेरे जितने खत हैं खुदारा, उन्हें आग में डाल देना
कोई मेरे बारे में पूछे
तो हैरत[1] से कहना
तअज्जुब[2] है अब तक किसी ऐसी लड़की से मिलना तो क्या,
मैं तो ये नाम ही
आज पहले-पहल आपसे सुन रहा हूं

(सीप, कराची)

1, 2. हैरानी

इन्तिज़ार | अनवर फ़रहाद

रात आई तो दिले-ज़ार[1] ने सोचा अकसर
कौन आंखों में सिमट आएगा आंसू बनकर
किसकी ज़ुल्फ़ों के दरीचे से किरन फूटेगी
कब ये ज़ंजीरे-गरां[2] टूटेगी
जाने कब इस शबे-तन्हाई[3] से जां छूटेगी

आज की रात भी शायद न मुझे नींद आए
किसकी आहट है कि बढ़ने लगी दिल की धड़कन
कौन हमदर्द है तन्हाई के वीराने में
कौन महबूब[4] है इस शब[5] के सियह-ख़ाने में[6]
किसका पैकर[7] है तसव्वुर[8] के सनम-ख़ाने में[9]
जाने-जां[10] तुम हो कि अहसास का बहलावा है
नर्म झोंका है कि आहट है कि ख़ामोशी है
हां वही हसरत-ओ-मायूसी है

(सीप, कराची)

---

1. रोता हुआ दिल 2. बोझल ज़ंजीर 3. एकाकी रात 4. प्रिय 5. रात 6. अंधेरे घर में 7 आकार 8. कल्पना 6. मन्दिर में 10. प्रेयसी

रुकना बाद[1] | अमीन राहत चुग़ताई

सरे-शाम[2] फिर बाग़ में आ गया हूं
उसी मख़ज़ने-रंगो-बू[3] की लगन में
कि जिसने कभी रूह को ताज़गी, कैफ़ो-मस्ती[4] की दौलत
अता[5] की
फ़ज़ा[6] को दिलावेज़ी-ए-जाविदां[7] दी
निगाहों को हुस्ने-तलब[8] के नए ज़ाविये[9],
दिल को तहज़ीबे-जज़्बात[10] देकर
रिवायात[11] से प्यार करना सिखाया

यहां कासनी, ऊदे-ऊदे, गुलाबी, शहाबी,
सभी फूल हैं
सब्ज़ाज़ारों[12] में जाएं तो बेले की ख़ुश्बू
फ़रावां-फ़रावां[13]
कहीं मोतिये और चमेली की महकार राहत-बदामां[14]
गुलाबों के तख़्तों में हर दीदा-ओ-दिल[15] की तस्की[16]
का सामां[17]

---

1. हवा 2. संध्या समय 3. रंग तथा सुगन्ध का खज़ाना 4. आनन्द और मस्ती 5. प्रदान 6. वातावरण 7. अमर सुन्दरता 8. इच्छा का सुन्दर ढंग 9. कोण 10. भावनाओं की सभ्यता 11. परम्पराओं से 12. बागों 13. अधिकाधिक 14. आनन्ददायक 15. नज़र और दिल 16. सन्तुष्टि 17. सामान, सामग्री

यहां ढाक है
जिसके फूलों से मुग़लों ने अपनी तसावीर के रंग उभारे
उसी ढाक के रंग की दिलकशी से
'बसावन' ने, 'दसवन्त'[1] ने मुग़ले-आज़म के दरबार
में दाद पाई

यहां एक बूढ़ा शजर[2] भी है
जो ज़ीस्त[3] के ख़ारज़ारों से तंग आके गौतम बना
ज्ञान में मह्व है।
सुबक गाम[4] बादे-मुअत्तर[5] के झोंकों से फ़रहां व शादां[6]
हुजूमे-गुलो-रंग[7] पर तब्सिरे[8] कर रहे हैं

मैं कब से खड़ा हूं
साअत[9] की इस तश्नगी[10] को बुझाऊं तो कैसे!!
मैं वो क़हक़हे ढूंडता हूं
जो गूंजें तो ऐसा गुमां[11] हो
कि जैसे सरे-शाम दिल्ली के बागों में बजते कटोरे

(फ़नून, लाहौर)

---

1. अकबर-काल के दो चित्रकार 2. पेड़ 3. जीवन 4. मन्द गति 5. सुगन्धित हवा 6. प्रसन्न 7. रंगों और फूलों पर 8. टीका-टिप्पणी 9. क्षण 10. पिपासा 11. भ्रम

मता-ए-आख़िर[1] | अहमद अलियास

दोस्तो! तुम इसे महसूस करो या न करो
रौशनी ज़हर की लहरों में सिमट आई है
चुप्के ही चुप्के पिये जाती है शबनम का लहू
आओ वो देखो शबे-माह[2] का क़ातिल सूरज
अपनी किरनों का कमन्द फैंक रहा है हर सू[3]
कौन है कौन नहीं ज़द में[4] ये सोचा न करो

ख़्वाब की लहर सिमट आई है आंसू बनकर
हासिले-शब[5] है यही, इसको बचाकर रख लो
अपनी गुम-गश्ता[6] सहर की ये मता-ए-आख़िर
हो सके तो इसे दामन में छुपाकर रख लो
हसरते-दीदा-ए-नमनाक[7] को रुसवा[8] न करो

(सीप, कराची)

1. अन्तिम पूंजी 2. चांदनी रात 3. चारों ओर 4. पकड़ में 5. रात की प्राप्ति 6. खोई हुई 7. सजल नेत्रों की कामना 8. बदनाम

नज़्राना[1] | 'कैफ़ी' आज़मी

तुम परीशान न हो बाबे-करम[2] वा न करो[3]
और कुछ देर पुकारूंगा, चला जाऊंगा
इसी कूचे में जहां चांद उगा करते हैं
शबे-तारीक[4] गुज़ारूंगा, चला जाऊंगा

रास्ता भूल गया या वही मंज़िल है मेरी
कोई लाया है कि ख़ुद आया हूं, मालूम नहीं
कहते हैं हुस्न की नज़रें भी हसीं होती हैं
मैं भी कुछ लाया हूं, क्या लाया हूं, मालूम नहीं

यूं तो जो कुछ था मेरे पास मैं सब बेच आया
कहीं इनआम मिला और कहीं क़ीमत भी नहीं
कुछ तुम्हारे लिए आंखों में छुपा रक्खा है
देख लो और न देखो तो शिकायत भी नहीं

एक तो इतनी हसीं दूसरे ये आराइश[5]
जो नज़र पड़ती है, चेहरे पे ठहर जाती है
मुस्करा देती हो मुंह फेर के जब महफ़िल में
एक धनक[6] टूट के सीनों में बिखर जाती है

गर्म बोसों से तराशा हुआ नाज़ुक पैकर[7]
जिसकी इक आंच से हर रूह पिघल जाती है

---

1. भेंट या उपहार 2. कृपा रूपी दरवाज़ा 3. न खोलो 4. अंधेरी रात 5. शृंगार 6. इन्द्रधनुष 7. बदन

मैंने सोचा है तो सब सोचते होंगे शायद
प्यास इस तरह भी क्या सांचे में ढल जाती है

क्या कमी है जो करोगी मेरा नज़्राना क़बूल
चाहने वाले बहुत, चाह के अफ़साने बहुत
एक ही रात सही गर्मी-ए-हंगामा-ए-इश्क़[1]
एक ही रात में जल भरते हैं परवाने बहुत

फिर भी इक रात में सौ तरह के मोड़ आते हैं
काश तुमको कभी तन्हाई का अहसास न हो
ठीक समझी हो, गया भी तो कहा जाऊंगा
याद कर लेना मुझे कोई भी जब पास न हो

आज की रात बहुत गर्म, बहुत गर्म सही
रात अकेले ही गुज़ारूंगा, चला जाऊंगा
तुम परीशान न हो, बाबे-करम वा न करो
और कुछ देर पुकारूंगा, चला जाऊंगा

(पूनम, हैदराबाद)

1. प्रेम के हंगामे की गर्मी

आंखें, उंगलियां और दिल | कैलाश 'माहिर'

राख ही राख है इस ढेर में क्या रक्खा है
खोखली आंखें—जहां बहता रहा आबे-हयात[1]
कब से इक ग़ार की मानिन्द पड़ी हैं वीरां
क़ब्र में सांप का बिल झांक रहा हो जैसे
—राख ही राख है!
उंगलियां—सदियों को लम्हों में[2] बदलने वाली
उंगलियां—शे'र थीं, नग़्मा थीं, तरन्नुम[3] थीं कभी
उंगलियां जिनमें तेरे लम्स[4] का जादू था कभी
अब तो बस सूखी हुई नागफनी हों जैसे
—राख ही राख है!
दिल—कि था नाचती, गाती हुई परियों का जहां
अनगिनत यादों का, अरमानों का इक शीशमहल
तेरी तस्वीर दरीचों पे खड़ी हंसती थी
अब तो पिघले हुए लावे के सिवा कुछ भी नहीं
राख के जलते हुए ढेर में क्या पाओगे
शहर से दूर शमशान कहां जाओगे

(सीप, कराची)

---

1. अमृतजल (आंसू) 2. क्षणों में 3. स्वर-माधुर्य
4. स्पर्श

ज़ातियात[1] | ख़लीलुर्रहमान आज़मी

जो मुझ पे बीती है
उसकी तफ़सील[2] मैं किसी से न कह सकूंगा
जो दुख उठाए हैं
जिन गुनाहों का बोझ सीने में ले के फिरता हूं
उनको कहने का मुझमें यारा[3] नहीं है
मैं दूसरों की लिखी हुई किताबों में
दास्तां अपनी ढूंडता हूं
जहां-जहां सरगुज़श्त[4] मेरी है
ऐसी सतरों को मैं मिटाता हूं
रौशनाई से काट देता हूं
मुझको लगता है लोग उनको अगर पढ़ेंगे
तो राह चलते में टोककर मुझसे जाने क्या पूछने लगेंगे

(नक़ूश, लाहौर)

---

1. व्यक्तिगत बातें 2. विवरण 3. शक्ति 4. आत्म-कथा

कटहरे में | ज़हूर नज़र

बू-ए-गुल[1], रौशनी
रंग, नग़मा, सबा[2]
हर हसीं चीज़ है
मेरे जज़्बात के क़त्ल से आशना[3] !
सिर्फ़ तुमको नहीं
इल्म इस क़त्ल का

मेरा दिल—,
मेरा महबूब, मासूम दिल
ओढ़कर दाइमी[4] दूरियों का कफ़न
दर्द के बेअमां दश्त में[5] दफ़्न है
आज भी मेरी हर मुज़्तरिब[6] सांस है
उस पे नौहाकना[7] !

आज भी याद है
मुझको उस गर्म दोपहर का सानिहा[8]
जब तुम्हारी मुहब्बत के छतनारे से
मेरा दिल, मेरा महबूब, मासूम दिल
एक प्यासे परिन्दे की सूरत गिरा
और मेरी तरफ़ इक नज़र देखकर

---

1. फूलों की सुगन्ध 2. सुगन्धित पवन 3. परिचित 4. स्थायी 5. अथाह मरुस्थल में 6. बेचैन 7. आर्तनाद कर रही 8. घटना

इस तरह मर गया
जैसे इस क़त्ल, इस मर्गे-नागाह[1] में मेरा भी हाथ था !
सिर्फ़ तुम को नहीं,
इल्म इस क़त्ल का !
बू-ए-गुल, रौशनी, रंग, नग़मा, सबा
हर हसीं चीज़ है
मेरे जज़्बात के क़त्ल से आश्ना

(नक़ूश, लाहौर)

1. अचानक मृत्यु

लफ़्ज़ों का सिलसिला | ज़ाहिद डार

तारों की रौशनी में
चमकते हुए हैं ज़र्रे
और चल रही हैं ठण्डी
फ़िर्दौस[1] की हवाएं
आओ अब मिलके गाएं
लज़्ज़त[2] भरे तराने
सहरा की वुसअ़तों में[3]
आवाज़ बन के फैलें
और आस्मां को छू लें
हम ख़ूब-ख़ूब बहकें
और ख़ूब-ख़ूब गायें
और ख़ूब-ख़ूब नाचें
तारों की रौशनी में
सहरा की वुसअ़तों में
दरिया की तेज़ लहरें
पेड़ों की नर्म छाओं
और हम हैं और तुम हो
और रेत के हैं ज़र्रे
चमके हुए सितारे
और रौशनी की वुसअ़त
और आस्मां की रिफ़अत[4]
और हम हैं, और तुम हो

---

1. जन्नत 2. आनन्द 3. विशालताओं में 4. ऊंचाई

लेकिन ज़रा ये सोचो
कमरे में ये धुआं सा
क्या है और क्यों है
लोहा पिघल रहा है
पत्थर पिघल रहे हैं
मौसम बदल चुका है
अब गर्मियों के दिन हैं
अब आस्मां पे सूरज
धरती के बासियों पर
नेज़े गिरा रहा है
शो'लों के सुर्ख नेज़े
ये आग, ये उजाला
ये मौसमों का चक्कर
और आस्मां की गर्दिश
इक वक़्त जा रहा है
इक वक़्त आ रहा है
दीवार पर ये पीली
तस्वीर किसने खींची
किसने बना दिया है
दीवार पर उदासी
और दुख का ज़र्द चेहरा
ये कौन आदमी है
जो औरतों से डरकर
कमरे में छुप गया है
और सांप बन गया है
और कौन सा परिन्दा
खिड़की के पास बैठा

आंसू बहा रहा है
आंखें पिघल रही हैं
रस्ते उलझ गए हैं
और लोग इस ज़मीं पर
गुमराह फिर रहे हैं
हम रास्तों में गुम हैं
और घिर के बादलों ने
घेरा हुआ है सूरज
तारीक[1] हो चुका है
मौसम बदल चुका है
अब झुटपुटा है आंधी
कमरे में चल रही है
कमरा लरज़ रहा है
बादल गरज रहा है
बिजली चमक रही है
और ख़ून बह रहा है
गलियों में फिर रही है
औरत, मगर मुहब्बत
बदनाम हो न जाए
देखो कहीं ये औरत
नाकाम हो न जाए
आवाज़ आ रही है
धरती पुकारती है
जंगल बुला रहा है
जंगल में एक मन्दिर
मन्दिर में एक लड़की

1. अंधेरा या अंधकार

लड़की के दिल में क्या है ?
आहों का सिलसिला है
गो मेरे दिल से उसके
दिल तक चला गया है
और चान्द डूबता है
खेतों के दर्मियां इक
आतश फ़िशां[1] खड़ा है
और पार, दूर परबत
ऊंचे सियाह परबत
काले बुलन्द परबत
भूतों का रूप धारे
ठहरे हुए हैं साकित[2]
लेकिन ये कैसा दिल है
आतशफ़िशां की सूरत
शो'लों से भर रहा है
लड़की के दिल में क्या है
मालूम हो न जाए
नज़रें झुकाए बैठी
तकती है अपने अन्दर
और चान्द डूबता है
कब तक छपेगा कोई
कब तक जिएगा कोई
आख़िर गिरेगा इक दिन
कोई पहाड़ उसके
सर पर जो घर के अन्दर
छुपकर जिया करे है

1. ज्वालामुखी 2. अडोल

और सांप बन गया है
लड़की से कौन पूछे
क्या वो भी डर रही है
या उसके दिल में शायद
कोई और बस गया है
आहों का सिलसिला है
आहों का सिलसिला है
अब रात छा चुकी है
अंधी सियाह जामिद[1]
और फिर हूं मैं अकेला
और फिर ये तंग कमरा
जिसकी सियाहियों में
दम घुट रहा है मेरा
दिल जल रहा है मेरा
और रूह चीख़ती है
जंगल बुला रहा है
जंगल में एक मन्दिर
मन्दिर में रौशनी है
मन्दिर में शान्ति है
बीमार आत्मा को
जंगल बुला रहा है
तारों की रौशनी में
सूरज लरज़ रहा है
और चांद ऊंघता है
देखो कहीं मुहब्बत
नाकाम हो न जाए

---

1. अचल, जड़

देखो ज़मीं का सीना
वीरान हो न जाए
देखो कहीं वो मन्दिर
तारीक[1] हो न जाए
ख़ामोश हो न जाए
देखो कहीं वो लड़की···
लेकिन किसे ख़बर है
लड़की के दिल में क्या है
ये वक़्त की सज़ा है
जो हमको मिल रही है
तारों की रौशनी में
चश्मे उबल रहे हैं
कलियां चटक रही हैं
मौसम बदल रहे हैं
और हम हैं और तुम हो
तारों की रौशनी में
ख़ुद से उलझ रहा हूं
दीवाना हो गया हूं
किसके लिए हैं कलियां
किसके लिए सितारे
किसके लिए परिन्दे
किसके लिए है सूरज
किसके लिए ज़मीं है
मेरे लिए नहीं है
मेरे लिए नहीं है
किसके लिए है यारो

---

1. अंधेरा

उसके बदन की ख़ुशबू
उसके बदन की गर्मी
उसके बदन का नग़्मा
मेरे लिए नहीं है
मेरे लिए है सहरा
मेरे लिए अंधेरा
मेरे लिए उदासी
मेरे लिए ग़ुलामी
किसके लिए है लज़्ज़त
किसके लिए मुहब्बत
मेरे लिए नहीं है
किसके लिए है यारो
ऐ नौजवान लड़को
और लड़कियो! बताओ
परछाइयों के बस में
कब तक रहेंगे हम तुम?
कब तक रहेंगे ज़ालिम
बूढ़े हमारे हाकिम
बोलो! उठो! बग़ावत
फैलाओ इस ज़मीं पर
तुम अपने आप मालिक
तुम अपने आप रहबर
तुम अपने आप हाफ़िज़[1]
ऐ नौजवान बहनो
और भाइयो बताओ
कब तक जला करेंगे

---

1. रक्षक

ये जिस्म और रूहें
कब तक करेंगी मातम
परछाइयां उठा दो
तारीकियां[1] मिटा दो
अब आओ मिलके गाएं
लज़्ज़त भरे तराने
सहरा की वुसअ़तों में
आवाज़ बन के फैलें
और आस्मां को छू लें
हम ख़ूब-ख़ूब बहकें
और ख़ूब-ख़ूब गायें
तारों की रौशनी में
तारों की रौशनी में
लफ़्ज़ों का सिलसिला है
लफ़्ज़ों में देखता हूं
उस राज़ की हक़ीक़त
जो रौशनी में कम है
जो 'मैं' है और 'तुम' है
जो अब्र[2] है, हवा है
जो जिस्म और जां है
जो रूह और मादा
जो 'एक' और 'सब' है
वो राज़ देखता हूं
लफ़्ज़ों की तीरगी[3] में
तारों की रौशनी में
इक ख़्वाब मैंने देखा

---

1. अंधेरे 2. बादल 3. अंधकार

जंगल के दर्मियां हम
नंगे खड़े हैं सारे
शर्मो-हया का पर्दा
आंखों से उठ चुका है
और चल रही हैं ठण्डी
फिर्दौस[1] की हवाएं
तारों की रौशनी में
बिखरी हुई हैं यादें
निखरी हुई हैं यादें
लफ़्ज़ों का सिलसिला है
यादों का सिलसिला है
ये ज़िन्दगी हमारी
ख़्वाबों का सिलसिला है
मन्दिर की ख़ूबसूरत
देवी को मैंने अपनी
बाहों में भर लिया है
और रौशनी की बारिश
हम पर बरस रही है
लेकिन यहां से आगे
कुछ भी नहीं अंधेरा
फैला हुआ है हरसू
और तंग-ओ-तार[2] कमरा
सुनसान, सर्द कमरा
यादों में गूंजता है
नज़रों में घूमता है
तन्हाइयों का सहरा

---

1. जन्नत 2. तंग और अंधेरा

वो तंग-ओ-तार कमरा
जिसमें गुज़ार दी है
जिसमें गुज़र रही है
ये ज़िन्दगी हमारी
जो ज़िन्दगी से कम है
तारों की रौशनी में
जंगल की सब सदायें
ख़ामोश हो चुकी हैं
शक्कों के बादलों ने
घरा हुआ है मुझको
होगी कहीं वो लड़की
जिसके लिए मैं अब तक
आंसू बहा रहा हूं
ये गीत लिख रहा हूं
जीना बुरा नहीं है
कितना भी दुख भरा हो
कितना ही बेमज़ा हो
ये ज़िन्दगी है अच्छी
ये ज़िन्दगी है प्यारी
ये ज़िन्दगी हमारी
जो ज़िन्दगी से कम है
तारों की रौशनी में
तारों की रौशनी में
देखो मैं मर रहा हूं
मैं मर रहा हूं यारो
कोई मुझे पुकारो
आखिर कहीं तो जाकर

रुकना है आदमी को
लेकिन कहां रुकेगा
ये कारवां हमारा
किसके लिए रुकेगा
किसने किया था जारी
किसने किया था पैदा
सब कुछ जो है, नहीं है
जो कुछ नहीं, नहीं है
लेकिन कहां है जो कुछ
मौजूद है नहीं है
किससे हुआ था पैदा
ये सिलसिला हमारा
ये कायनात सारी
ये ज़िन्दगी हमारी
कोई मुझे बताओ
कोई मुझे बताओ
मैं थक गया हूं यारो
उकता गया हूं यारो
लफ़्ज़ों की तीरगी से
तारों की रौशनी से
अब देवता कहां हैं
अब देवियां कहां हैं
लेकिन जो ठीक पूछो
यारो, तो आस्मां पर
कोई ख़ुदा नहीं है
सारे ख़ुदा यहीं हैं

ज़ेहनों में[1] और दिलों में
तेरा ख़ुदा जुदा है
उसका ख़ुदा जुदा है
मेरा ख़ुदा जुदा है
मेरे लिए तो यारो
लड़की का ख़ूबसूरत
नंगा बदन ख़ुदा है
तारों की रौशनी में
तारों की रौशनी में
दानिशवरों के[2] मुंह से
मैंने अभी सुना है
एटम की रौशनी में
निरवान और मुक्ति
और शान्ति मिलेगी
यानी वो नींद जिससे
फिर जागना नहीं है
तारों की रौशनी में
तारों की रौशनी में
लो सो गई मुहब्बत
लो जागती है फ़ितरत
सूनी पड़ी हैं राहें
इन्सान मर चुका है
ऐसे में कोई आए
और मुझको ये बताए
मैं कौन हूं, कहां हूं
और किसलिए हूं बाक़ी

1. मस्तिष्कों में 2. बुद्धिजीवियों के

तारों की रौशनी में
तारों की रौशनी में
मोहमल[1] हैं सारी बातें
सब गीत और नज़्में
सब फ़लसफ़े, किताबें
लफ़्ज़ों के सिलसिले में
लफ़्ज़ों के सिलसिले में

(सवेरा, लाहौर)

---

1. निरर्थक

ख़ारिजी शिकस्त[1] | 'ज़ुबैर' रिज़्वी

मुझे आज फिर तुमसे मिलकर बड़ी नाउमीदी हुई है
वही तर्ज़े-गुफ़्तार[2], चेहरे पे गहरी उदासी का आलम[3]
ज़माने की बेदाद[4], हालात की कज अदाई[5] का शिकवा[6]
तग-ओ-ताज़[7], तक़दीर की नारसाई[8] का मातम
तही-दामनी[9] पर पशेमान[10] होने की मासूम कोशिश
जवां ख़ूबसूरत महकते हुए रोज़-ओ-शब का तसव्वुर[11]
निशात-आफ़रीं[12] महफ़िलों में कभी बारियाबी[13] का अरमां
गुलाबों की मानिन्द खिलते हुए जिस्म छूने की ख़्वाहिश

मुझे कब से हसरत है इक शब कभी तुम
मेरी महफ़िले-नाज़ में यूं भी आते
मुझे जिस्म-ओ-जां की सभी राहतें[14] सौंप देने में
कोई तकल्लुफ़ न होता

---

1. बाह्य पराजय 2. बातचीत का ढंग 3. स्थिति 4. अत्याचार 5. टेढ़ापन 6. शिकायत 7. भाग-दौड़ (प्रयत्न) 8. विकलता 9. खाली दामन 10. लज्जित, दुखी 11. कल्पना 12. आनन्ददायक 13. पहुंचने 14. आनंद

कच्ची दीवारें | 'निदा' फ़ाज़ली

मेरी मां हर दिन अपने बूढ़े हाथों से
इधर-उधर से मिट्टी लाकर
घर की कच्ची दीवारों के ज़ख़्मों को
भरती रहती है
तेज़ हवाओं के झोंकों से
बेचारी कितना डरती है!

मेरी मां कितनी भोली है
बरसों की सीली दीवारें
छोटे-मोटे पैवंदों से
आख़िर कब तक रुक पाएंगी?
जब कोई बादल गरजेगा
हर-हर करती ढह जाएंगी

(हमारी ज़बां, अलीगढ़)

आवागवन | 'निसार' नासिक

ईसा-ए-अश्क[1] ने चमकाई है पलकों की सलीब
प्यार ने दर्द की अंजील को दोहराया है
फिर किसी याद का जलता हुआ पागल झोंका
मेरे सूखे हुए होंटों के क़रीब आया है

आज फिर आंख की बदनाम गुज़रगाहों पर[2]
रुक गया है कोई चलते हुए जल्वों का सराब[3]
आंख अब ख़्वाब की जुंबिश भी नहीं सह सकती
अब कोई वजहे-तकल्लुफ़[4] न कोई रस्मे-हिजाब[5]

दिल कि इक कांच की चूड़ी से भी नाज़ुक ठहरा
किस तरह इतनी बड़ी चोट को सह सकता है
जो कभी अर्शे-मुहब्बत से[6] न नीचे उतरा
किस तरह मौत के तहखाने में रह सकता है

ये अंधेरा, ये पिघलता हुआ शब-रंग सुकूत[7]
मेरे एहसास[8] की हर मौज[9] में ढल जाने दे
आख़िरी सांस की तलवार भी चल जाने दे
मुझको इस हिर्स[10] की बस्ती से निकल जाने दे

---

1. आंसू रूपी ईसा 2. मार्गों पर 3. मरीचिका 4. सम्बन्ध का कारण 5. लजाने की रीति या आवश्यकता 6. प्रेम के आकाश से 7. रात के रंगवाली (काली) चुप्पी 8. अनुभूति 9. लहर 10. लोभ

वही संगम, वही तक़दीर का पहला संगम
तुम जहां मुझसे मिले थे, मैं वहीं जाऊंगा
ये जुदाई तो फ़क़त[1] सांस का इक वक़्फ़ा[2] है
मेरे महबूब न घबराओ, मैं फिर आऊंगा

(सीप, कराची)

1. केवल 2. विराम

तआरुफ़[1] | 'फ़ारिग़' बुख़ारी

वो ज़िन्दगी का अजीब-ओ-ग़रीब मौसम था
बहारें टूट पड़ी थीं सुहाने जिस्मों पर
नफ़स-नफ़स[2] में फ़ुसूं[3] था, नज़र-नज़र में जुनूं[4]
तसव्वुरे-मए-इसिमां[5] से चूर-चूर बदन
नुजूमे-फ़िक्र-ओ-नज़र[6] टिमटिमा के डूब गए

ख़ुमार ज़िह्नों पे[7] छाया तो जिस्म जाग उट्ठे
अंधेरा गहरा हुआ, कायनात[8] बहरी हुई
उभर के सायों ने इक दूसरे को पहचाना

(सीप, कराची)

---

1. परिचित 2. श्वास-श्वास 3. जादू 4. उन्माद 5. पाप रूपी मदिरा की कल्पना 6. दृष्टि तथा चिंतन के सितारे 7. दिमागों पर 8. ब्रह्माण्ड

यहां से शहर को देखो | फ़ैज़ अहमद 'फ़ैज़'

यहां से शहर को देखो तो हल्क़ा-दर-हल्क़ा[1]
खिंची है जेल की सूरत हर एक सम्त[2] फ़सील
हर एक रहगुज़र[3] गर्दिशे-असीरां[4] है
न संगे-मील, न मंज़िल, न मुख़्लसी[5] की सबील
    जो कोई तेज़ चले रह, तो पूछता है ख़याल
    कि टोकने कोई ललकार क्यों नहीं आई
    जो कोई हाथ हिलाए तो वहम को है सवाल
    कोई छनक, कोई झंकार क्यों नहीं आई
यहां से शहर को देखो तो सारी ख़लक़त में
न कोई साहिबे-तमकीं[6], न कोई वाली-ए-होश[7]
हर एक मर्दे-जवां मुजरिम-रसन-ब-गुलू[8]
हर एक हसीना-ए-रा'ना[9] कनीज़[10], हल्क़ा-ब-गोश[11]
    जो साए दूर चिराग़ों के गिर्द लर्ज़ां[12] हैं
    न जाने महफ़िले-ग़म है कि बज़्मे-जाम-ओ-सबू[13]
    जो रंग हर दरो-दीवार[14] पर परीशां हैं
    यहां से कुछ नहीं खुलता, ये फूल हैं कि लहू

(अपूर्ण—'नक़ूश', लाहौर)

---

1. पेच दर पेच 2. ओर 3. मार्ग 4. क़ैदियों के चक्कर 5. मुक्ति 6. सहनशील प्राणी 7. होशवाला 8. रस्सी में पिरोये हुए फूल 9. सुन्दरी 10. दासी 11. गुलाम 12. कम्पित 13. सुराही प्याले (मदिरा) की महफ़िल 14. दरवाज़े और दीवार

एक नज़्म | बलराज कोमल

अभी ग़ैर दिलचस्प हो जाएंगे हम
अभी तुम कहोगे
कि बेकार है गुफ़्तगू का बहाना
अभी मैं कहूंगा
कि बेकार है कारोबारे-ज़माना

अभी तुम ज़बां पर
सुलगती हुई रेत का ज़ायक़ा[1] चन्द लम्हों में[2] महसूस करने लगोगे
अभी मैं ज़बां पर
कोई ख़ूबसूरत फ़रिश्ता-सिफ़त[3] नाम तन्हाइयों में नहीं ला सकूंगा
अभी ज़िह्न[4] बीमार हो जाएंगे सब
अभी ख़्वाब लाचार हो जाएंगे सब
फ़लक़[5] तक पहुंचते हुए हाथ बेकार हो जाएंगे सब

भले या बुरे हम अभी हैं सलामत
अभी टूटने को है लेकिन क़यामत
अगर मर्गे-एहसास[6] की आरज़ू आख़िरी क़द्र[7] ठहरी
अभी एक बेजान माज़ी[8] के सहरा में खो जाएंगे हम
अभी ग़ैर दिलचस्प हो जाएंगे हम

(औराक़, लाहौर)

---

1. स्वाद 2. क्षणों 3. देव-स्वभाव 4. दिमाग़ 5. आकाश 6. अनुभूति की मृत्यु 7. मूल्य 8. अतीत

शहर-ज़ाद | मज़हर इमाम

उसकी तस्वीर निगाहों में चमक उट्ठी है
आंसुओ! आज तो दम भर के लिए थम जाओ।

जानें ये कौन बरस, कौन सदी है, कि यहां
मेरी नाकाम सदाओं के भटकते आसेब[1]
अपनी ही खोज में आवारा-ओ-दरमांदा[2] हैं
मुझको जाना था किधर, और मैं आया हूं कहां?

अपने ज़ख़्मों को लिये कितने नगर घूमा हूं
लेके सामने-सफ़र दुखते हुए शानों पर[3]
हाथ पकड़े हुए वहशत-ज़दा[4] अरमानों का
अजनबी वादियों, दरियाओं में आ पहुंचा हूं

हसरतो-ग़म की तपिश-रेज़[5] गुज़रगाहों पर[6]
मेरे रिसते हुए छालों के निशां मिलते हैं
ज़ीस्त[7] दम भर को जहां बैठ के सुस्ताती थी
अब वो पीपल के घने साये कहां मिलते हैं!

वक्त दम साधे हुए कांप रहा है कि अभी
ज़िन्दगी अपनी कमींगह[8] से निकल आएगी
और ठोकर उसे मारेगी कि—"चल, आगे बढ़!"

---

1. भूत 2. असहाय, दुःखी 3. कंधों पर 4. भयभीत 5. तपन बिखेरते हुए 6. मार्गों पर 7. जीवन 8. शत्रु की घात में छुपकर बैठने की जगह

इससे पहले कि मिले वक़्त को हुक्मे-रफ्तार[1]
मेरा खोया हुआ चेहरा मुझे वापस दे दो
अपने लब रख के मैं उन होटों पे सो जाऊंगा
जिनको चूमे हुए कितने ही बरस बीत गये।

रूह में सुर्ख़िये-लब[2] घुल के उतर जायेगी
सुबह अनफ़ास[3] की निकहत[4] में बसी आयेगी
पांव उट्ठेंगे उसी शहर की जानिब, कि जहां
क़ल्ब[5] ने मेरे, धड़क उठने का फ़न सीखा था

दमबखुद[6] वक़्त मुझे देख के ये पूछेगा
"क्या तेरे शौक़ की वारफ़्ता-मिज़ाजी[7] है वही?"

अपने उलझे हुए बालों की लटें बिखराये
कौन ये गोद में बच्चे को लिये बैठी है?
अपने घरबार, दरो-बाम[8] से उकताई हुई
—"किस लिये आये हैं? क्यों घर में घुसे आते हैं?
जाइये, जाइये, आफ़िस से वो आते होंगे
अजनबी शख़्स को देखेंगे तो घबरायेंगे
जाने क्या सोचेंगे, कुछ सोच के झुंझलायेंगे"
कौन वो? कौन ये बच्चा? ये थका-सा चेहरा?
कौन मैं? अपने ही पैकर[9] का झिझकता साया!
वक्त एहसासे-खिजालत[10] से झुकाये हुए सर
अपनी ख़ामोश निगाहों से ये करता है सवाल
"क्या तेरे शौक़ की वारफ़्ता-मिज़ाजी है वही?"

(नक़ूश, लाहौर)

1. चलने का आदेश 2. होंठों की सुर्ख़ी 3. श्वासों 4. सुगंधित पवन 5. हृदय 6. श्वास रोके हुए 7. मनमौजीपन 8. दरवाज़ा और छत 9. शरीर 10. लज्जा की अनुभति

एक शबीह[1] | मजीद अमजद

कुछ दिनों से, क़रीबे दिल[2] है वो दिन
जब—अचानक, इसी जगह, इक शक्ल
मेरी आंखों में मुस्कराई थी

एक पल के लिए तो—एक वो शक्ल
जाने क्या कुछ थी, झूट भी, सच भी
शायद इक भूल—शायद इक पहचान

कुछ दिनों से तो, जान-बूझ के, अब
ये समझने लगा हूं, मैं ही तो हूं
जिसकी ख़ातिर ये अक्स[3] उभरा है
कुछ दिनों से तो, अब मैं, दानिस्ता[4]
इस गुमां[5] का फ़रेब खाता हूं

रोज़, इक शक्ल, इस दोराहे पर
अब मेरा इन्तिज़ार करती है
इक दीवार से लगी, हर सुब्ह
टिकटिकी बांध, नीम-रुख़[6], यकसू[7]
अब मेरा इन्तिज़ार करती है
मैं गुज़रता हूं—मुझको देखती है

1. शक्ल 2. दिल के पास 3. प्रतिबिम्ब 4. जाने-बुझे 5. भ्रम 6. चेहरे का एक रुख दिखाती हुई 7. एकाग्रचित्त

मैं नहीं देखता—वो देखती है
उसके चेहरे की साख़्त[1], साऊते-दीद[2]
ज़र्द होटों की पतरियां, पीतल
सुर्ख़ आंखों की टुक्ड़ियां कुरमज़!
रोग़नी धूप में, धंसते हुए पांव
मुन्तिज़र-मुन्तिज़र, उदास-उदास

इक यही चेहरा, एक पल के लिए
जाने क्या कुछ था—लेकिन अब तो मुझे
अपनी ये भूल भूलती ही नहीं!
एक दिन ये शबीह देखी थी
कुछ दिनों से क़रीबे-दिल है वो दिन
कुछ दिनों से तो बीतते हुए दिन
इसी इक दिन में ढलते जाते हैं
दिन गुज़रते हैं अब तो यूं जैसे
उम्र इसी दिन का एक हिस्सा है
उम्र गुज़री—ये दिन नहीं गुज़रा
जिस तरफ़ जाऊं—जिस तरफ़ देखूं
मुझसे ओझल भी—मेरे सामने भी
शक्ल इक—टीन के वरक़ पे वही
शक्ल इक—दिल के चौखटे में वही

(सीप, कराची)

---

1. बनावट 2. देखते समय

नाशनास[1] | 'मुस्तफ़ा' जैदी

कितने लहजों[2] की कटारें मेरी गर्दन पे चलीं
कितने अल्फ़ाज़ का सीसा मेरे कानों में घुला
जिसमें इक सम्त धुंदलका था और इक सम्त ग़ुबार
इस तराज़ू पे मेरे दर्द का सामान तुला!
कम-निगाही[3] ने बसीरत[4] पे उठाए नेज़े
वहम की नहर में पैराहने-अफ़कार[5] धुला
क़हत[6] ऐसा था कि बर्षा न हुई[7] मजलिसे-इश्क़
हब्स[8] ऐसा था कि तहक़ीक़[9] का परचम[10] न खुला

कौन से देस में रहते हैं वो मूनिस[11] जिनकी
रोज़ इक बात सुनाते थे सुनाने वाले
ठोकरों में है मता-ए-दिले-वीरां[12] कब से
क्या हुए ग़म को सर-आंखों पे बिठाने वाले
रात सुनसान है बेनूर सितारे मद्धम
क्या हुए राह में पलकों को बिछाने वाले
अब तो वो दिन भी नहीं हैं कि मेरे नाम के साथ
आप का नाम बताते थे ज़माने वाले

(सीप, कराची)

---

1. जो पहचानता न हो 2. स्वरों 3. अल्प दृष्टि या अल्प बुद्धि 4. बुद्धि 5. चिन्तन अथवा दर्शन का लिबास 6. अकाल 7. न जमी 8. उमस 9. जिज्ञासा 10. पताका 11. प्रियजन 12. वीरान दिल की पूंजी

रात | मुहम्मद सलीमुर्रहमान

मुझको बाहिर जाने दो, दरवाज़ा खोलो
रात अंधेरी है लेकिन उमीद का तारा रौशन है
रात ही रस्ता है

हल्का कोहरा; रुख़्सारों पे[1] ठंड के हाथ
हवा शमाल[2] से चलती है
बेदर्दी से ख़राबाद[3] !

इक आवाज़ है गर्दिश[4] की : जाओ
मिल जाओ सामों में, मिट्टी की दूरी में
हवा की बेनूरी[5] में

नींद भरी दुनिया के कोने-कोने में
बुझती हुई, गुमनामी में, शमअ़ की तरह
रात के रस्तों पर चलना

रात गए मिट्टी भी सो जाने को है
मुझमें भी आंखें मलती यादें भारी
आवाज़ में बातें करती हैं

मुझमें नूर कहां, मैं तो
रात को इक साबिर[6] तारे की तरफ़ खुलने वाला
ठण्डी सांस का दरवाज़ा

(सवेरा, लाहौर)

---

1. कपोलों पर 2. उत्तर 3. शुभ कामना 4. चक्र 5. प्रकाशहीनता 6. धैर्यवान

मैं और वो दूसरा आदमी | राही मासूम रज़ा

जाओ-जाओ, मुझे नींद आई है, सोने दो मुझ
दिन गुज़रता जाता है लफ़्ज़ों का[1] तआक़ुब[2] करते
और जब रात को थक-हार के गिर पड़ता हूं
तुम चले आते हो अख़बार लिए
तुमको अब याद नहीं
कल के अख़बार में भी थीं यही सारी ख़बरें
बल्कि परसों से यही ख़बरें धड़ाधड़
हर इक अख़बार में छपती हैं पढ़ी जाती हैं
कल की ख़बरें भी लगे हाथ सुना डालो अभी!
फिर कहीं जाके मरो तुम भी, मुझे सोने दो
सुब्ह को फिर मुझे लफ़्ज़ों के तआक़ुब में निकलना होगा

(शबख़ूं, इलाहाबाद)

---

1. शब्दों का 2. पीछा

रहगुज़र[1] | वक़ार ख़लील

ये रहगुज़र :
रहगुज़ारे-खूबां[2] है, जिसका हर मोड़ कहकशां[3] है
सजिल, शिगुफ़्ता[4], हसीन, दिलावेज़[5], ख़ूबसूरत, बहारसामां[6]
इधर से गुज़रा किया ज़माना कि जैसे गुज़रे रमीदा आहू[7]
जिलौ[8] में सुबहों की मुस्कराहट
लबों पे[9] रौशन सी गुनगुनाहट
जबीं[10] पे तक़दीसे-फ़न[11] का क़शक़ा[12]
नज़र नज़र में सहर के ख़ाके[13]
लचकती बाहें, महकते गेसू[14]
सबीह अबरू[15], गुदाज़ बाज़ू[16]
क़दम-क़दम पे पड़े हैं हल्के
ठहर-ठहर के बजे हैं घुंघरू
ये रहगुज़र-रहगुज़ारे-ख़ूबां है, जिसका हर मोड़ कहकशां है
ये रहगुज़र
होशमन्द मेहनतकशों की[17], दानिश के[18] शाहज़ादों की
रहगुज़र है
कि जिसका हर मोड़ जहद्-ो-फ़न[19] की अलामतों[20] का
नगर नगर है

---

1. मार्ग 2. श्रेष्ठ मार्ग 3. आकाश गंगा 4, 5, 6. अति सुन्दर 7. चौकड़ियां भरता हुआ हिरन 8. संग 9. होंठों पर 10. माथा 11. कला की पवित्रता 12. टीका 13. सुबह के रेखाचित्र 14. सुगंधित केश 15. सुन्दर भवें 16. मांसल बांहें 17. परिश्रमकर्ताओं की 18. बुद्धि के 19. प्रयत्नशीलता तथा कला 20. लक्षणों

मेरे रफ़ीक़ो[1] !
ये रहगुज़र, इक नई डगर है
ये रहगुज़र फ़हम[2] और बसीरत[3] की रहगुज़र है
मगर अभी ज़ुल्फ़ ता कमर है[4] :

(आंध्रप्रदेश, हैदराबाद)

1. साथियो 2, 3. बुद्धि 4. केश कमर तक हैं (अपूर्ण)

कठोर राहें | वज़ीर आग़ा

कठोर राहें
जो उलझे धागों का एक गुफ़्फ़ा सा बन गई हैं
न इनको रंगों की तेज़ बरखा से कुछ ग़रज़ है
वो तेज़ बरखा जो मुंह-अंधेरे
किसी पुजारिन के कपकपाते सफ़ेद होटों पे नाचती है
न इनकी मंज़िल वो शामे-ग़म है जो एक मैला सा तश्त[1]
लेकर
मुसाफ़िरों से लहू के क़तरों की भीक रो-रो के मांगती है
दहकते तारे, हज़ीं[2] दुआएं, लरज़ते हाथों से बांटती है
कठोर राहें तो आगे बढ़कर, अदा दिखाकर पलट गई हैं
पलट के पहलू बदल गई हैं

घनेरी शब[3] अपनी काली कमली में गुम खड़ी है
ये सोचती है
भंवर की बेनूर[4] चश्मे-तर[5] ज़मीं
कोई सा सीधा सफ़ेद रस्ता उभर के चमके
तो शब का राही उधर को लपके

ये शब का राही
समय के धारे पे बहते-बहते भंवर की सूरत उभर गया है
हज़ार राहों में घिर गया है!

---

1. थाल 2. शोकातुर 3. रात 4. प्रकाश-रहित 5. सजल नेत्र

खिड़कियां बन्द कर दो | शमीम नवेद

कौन जाने तीरगी[1] कितनी गुज़रगाहों के[2] बाद
आज ऐसे शहर में दाख़िल हुई
जिसमें रौशन रात के ऊंचे शजर[3]
अपने साए से गुरेज़ां[4] हो गए
और मेरी बेसदा[5] आंखें ये सब कुछ देखकर ख़ामोश हैं
कौन जाने 'सोहनी' के गीत क्यों बेजान हैं
चांदनी क्यों बुझ गई
दस्तकें क्यों रुक गईं
आहटें क्यों सो गईं
आज से पहले कभी ये शहर पत्थर तो न था
ये शहर पत्थर तो न था
सायरन फिर बज रहा है
जंग का अफ़रीत[6] फिर सूनी सड़क पर रक़्स[7] करता आयगा
चांद भी शायद कहीं छुप जायगा
चांद भी शायद कहीं छुप जायगा

(सीप, कराची)

---

1. अंधेरा 2. मार्गों के 3. पेड़ 4. कन्नी कतराने वाले 5. निःशब्द 6. देव या भूत 7. नृत्य

मुस्तक़बिल[1] | शमीम हन्फ़ी

मुस्तक़बिल इक बच्चा है
हाल की गोद तक आते-आते
रुख़सारों पे[2] उसके सब्ज़े की[3] चादर छा जाती है
फिर करवट लेती है ख़िज़ां की ज़हर में डूबी
काली-काली तेज़ निगाह
रुख़ पे[4] तमांचे लगते हैं
दर्द के सहरा में इक लड़का जो कल तक इक बच्चा था
सहमा-सहमा रुक-रुक कर आगे बढ़ता जाता है
और कभी ये भी होता है
दिल के दरवाज़ों पे आकर ख़्वाब की परियां हंसती हैं
और ये लड़का
उन परियों के लालच में हंस-हंस के आगे बढ़ता है
वक़्त के रथ पर दोनों यूं ही आगे-पीछे भागते हैं
आगे-पीछे
जाने कब तक
और आख़िर वो मंज़िल भी आ जाती है
जब ये अल्हड़ सा लड़का जो कल तक इक मासूम सा
नन्हा सा बच्चा था
शाने पर[5] ख्वाबों की लाश उठाए
दिल में अपने ज़ख़्मे-तमन्ना[6] का नश्तर और दर्द छुपाए
सीने में आती-जाती सांसों का तूफ़ान लिए

---

1. भविष्य 2. कपोलों पर 3. चेहरे के लुओं की 4. चेहरे पर 5. कन्धे पर 6. कामना-घाव

आंखों में इक प्यास लिए
थका-थका सा
गिर पड़ता है सुस्ताने को
गोद में माज़ी[1] की
और जब उठता है तो दुनिया उसको बूढ़ा कहती है

(मन्शूर, कराची)

1. अतीत

सूरज का शहर | 'शहाब' जाफ़री

"नहीं !—ये सूरज के शहर का आदमी नहीं है,
कि ये तो मरने के बाद फुटपाथ पर पड़ा है
ये लाश हम सब की तरह सूरज के साथ गर्दिश में
क्यों नहीं है ! !
पढ़ो तो इस डायरी में क्या है ?"

नुचे खुचे इक वरक़ पे कुछ यूं लिखा हुआ था—
"मैं अपनी दुनिया-ए-फ़िक्रो-फ़न[1] तज के आज बनवास
में पड़ा हूं
ज़रूरतों में घिरा हुआ हूं
यहां तो दो और दो का हासिल हमेशा ही चार हाथ
आया—कि पांच नामुमकिनात[2] में है
अज़ीम फ़नकार[3] का क़लम हो कि कारख़ाने— ! किसी
को तख़्लीके-हुस्न[4] की आरज़ू नहीं है
मुक़द्दस[5] आज इनके दिल की यूं पेट के जहन्नुम में जल
रही है
कि ज़िन्दगी की जो क़ुव्वतें[6] हैं वो सिर्फ़ ज़िन्दा ही रहने
में सर्फ़[7] हो रही हैं
मशीन की तरह ज़िह्न भी काम कर रहे हैं
रगों में जीते लहू के बदले रक़ीक़[8] लोहा भरा हुआ है
मशीन की तरह पांव चलते हैं

1. चिन्तन तथा कला का संसार 2. असंभवों 3. महान कलाकार 4. सौन्दर्य की रचना 5. पवित्र 6. शक्तियां 7. व्यय 8. तरल

आदमी का जलाल गर्दिश में सरनगूं[1] है
इरादा-ओ-इख़्तियार इक इज़तिराबे-संगी[2] है जिससे बचकर
कोई नहीं दो घड़ी किसी से जो बेग़रज़ रुक के बात कर ले
(किसे ख़बर— ? आदमी के दो मीठे बोल को मैं तरस रहा हूं !")

यहां पे तहरीर आंसुओं से मिटी हुई थी—और उससे आगे—

"ये शहर, सूरज का शहर है, इसके रोज़ो-शब का पता नहीं कुछ
न आज तक वक़्त और तारीख़ का मुझे इल्म[3] हो सका है
कि मेरे एहसास में कोई आज है न कल
और ये रात है या स्याह सूरज ?
ग़रूब[4] होकर भी आस्मानो-ज़मीं से पैहम[5] गुज़र रहा है ! !
बस इस जहां में—स्याहो-रौशन—हमेशा दिन है
हमेशा सूरज ही अपने सर पर खड़ा हुआ है
ये कायनात[6] इक शिकस्ता गाड़ी है एक पहिये पे चल रही है
(ज़मीं का चान्द, क्या ख़बर, किस अंधेरे पाताल में गिरा हो !)
हर एक शै भागती हुई एक दूसरे की तलाश में गुम
बस इक तसादम[7] !

---

1. सिर झुकाए हुए 2. पथरीली बेचैनी 3. ज्ञान 4. अस्त 5. निरन्तर 6. ब्रह्माण्ड 7. टकराव

हर एक शख़्स एक दौड़ती लाश है—कि इक दूसरे से
वहशतज़दा[1], गुरेज़ां[2]

सब अपना सूरज से मुंह छुपाए, तलाश में वक़्त कीहरासां[3]
किसी को इतनी भी शाम मिलती नहीं—कि थोड़ा उदास
हो लें—

यहां पे जुम्ले[4] अजीब से—थे लहू के धब्बों से मिट गए थे !

(शायर, बम्बई)

---

1. भयभीत 2. कतराता हुआ 3. भयभीत 4. वाक्य

अंधी बाहें | शा भाई

मैं जिस नगरी का बासी हूं
उसमें रुत के काले साए
जीवन का रस चूस रहे हैं
मूरख भोली-भाली जानें
कुछ न जानें
अपना सब कुछ सिसक-सिसक कर दे देती हैं
झुक जाती हैं, लुट जाती हैं
अगर कभी कुछ ज्याली शकलें उजली-उजली
चाहत लेकर
तन जाती हैं
तो फिर उनकी अपनी ही नसलों की अंधी
बाहें बाढ़ें बन जाती हैं

(मन्शूर, कराची)

गुनाहों की नदी | 'शाद' अमृतसरी

आबनूसी रंग तीखे ख़ाल-ओ-ख़त[1]
जिस्म के अन्दर कहीं पोशीदा[2] रूहे-बेसुकूं[3]
रूह से लिपटी हुई आलूदगी[4]
आबनूसी रंग अब तक याद है

संगे-असवद[5] की चटानों के क़रीं[6]
रेशम-ओ-अतलस की ढलवानों के ख़म[7] के वस्त[8] में
मखमलीं कैफ़ियतों की[9] लहलहाती जू-ए-बार[10]
तेज़ और बदमस्त आंखों में गुनह की चाशनी
जैसे कोई देवदासी ख़्वाहिशों की राह में
देवताओं के भजन को त्याग कर
मन्दिरों के पुरोहितों से भाग कर
इक मनुष के जिस्म की चाहत करे, करती रहे
और गुनाहों की नदी बहती रहे

आबनूसी रंग अब तक याद है

(नक़ूश, लाहौर)

---

1. नैन-नक़्श 2. निहित 3. अशान्त आत्मा 4. गन्दगी 5. काला पत्थर (वह पत्थर जो का'बा शरीफ़ के दरवाज़े पर रखा हुआ है) 6. करीब, निकट 7. पेच 8. दर्मियान 9. स्थितियों की 10. बहती नदी

फिर वही रात | 'शाहिद' इश्क़ी

फिर वही रात है, वीरानी-ए-दिल[1] है, मैं हूं

तुम न मिलकर जो बिछुड़तीं तो बहुत आसां था
ज़ीस्त[2] के अजनबी रस्तों से गुज़रना मेरा
तुम ने बदला जो न होता मेरा मैयारे-नज़र[3]
कोई मुश्किल न था, दुनिया में बहलना मेरा

अपनी तन्हाई का दर्द आज कहां से लाऊं
किससे फ़रियाद करूं? किससे मुदावा[4] चाहूं
भूल तक भी न सकूं जिसको भुलाना चाहूं
ऐ मेरी वहशते-दिल! तू ही बता क्या चाहूं

रंगे-रुख़सार[5], गुलो-लाला में कब तक ढूंढूं
लब[6] समझकर तेरे, शो'लों को कहां तक चूमूं
मरमरी[7] जिस्म के एहसास[8] में खोया-खोया
चान्दनी रातों में बेवजह कहां तक घूमूं

तेरे अनफ़ास[9] की ख़ुश्बू से मुअत्तर[10] है जो दिल
नकहते-लाला-ओ-गुल[11] से वो कहां बहलेगा
जिसने कल तक तेरे खिलते हुए लब देखे थे
(आज कलियों के चटकने को कहां समझेगा)

---

1. दिल की वीरानी 2. ज़िन्दगी 3. दृष्टि-स्तर 4. उपचार 5. गालों का रंग 6. होंठ 7. संगमरमर के से 8. अनुभूति 9. श्वास 10. सुगंधित 11. फूलों की महक

एक कौंदा सा तो लपका था मेरी आंखों में
फिर अंधेरे के सिवा कुछ नज़र आया न मुझे
इक सितारा सा तो टूटा था मेरी रातों में
मो'जिज़ा[1] फिर कोई आंखों ने दिखाया न मुझे

फिर वही रात है, वीरानी-ए-दिल है, मैं हूं

(अलशुजाअ़, लाहौर)

1. चमत्कार

गुफ़्तगू | सरदार जाफ़री

गुफ़्तगू बन्द न हो
बात से बात चले
सुबह तक शामे-मुलाक़ात चले
हम पे हंसती हुई ये तारों भरी रात चले

हों, जो अलफ़ाज़ के[1] हाथों में हैं, संगे-दुश्नाम[2]
तन्ज़[3] छलकाए तो छलका करे ज़हर के जाम[4]
तीखी नज़रें हों, तुर्श[5] अबरूए-ख़मदार[6] रहे
बन पड़े जैसे भी दिल सीनों में बेदार[7] रहे
बेबसी हर्फ़[8] की ज़ंजीर-ब-पा[9] कर न सके
कोई क़ातिल हो मगर क़त्ले-नवा[10] कर न सके

सुबह तक ढल के कोई हर्फ़े-वफ़ा[11] आएगा
इश्क़ आएगा बसद[12] लग़्ज़िशे-पा[13] आएगा
नज़रें झुक जाएंगी, दिल धड़केंगे, लब कांपेंगे
ख़ामुशी बोसा-ए-लब[14] बन के महक जाएगी
सिर्फ़ गुंचों के चटकने की सदा[15] आएगी

---

1. शब्दों के 2. गाली रूपी पत्थर 3. व्यंग्य 4. प्याले 5. तीखी, नाराज़ 6. धनुष की तरह झुकी हुई भवें 7. जागृत 8. शब्द, अक्षर 9. पांव में ज़ंजीर डालना 10. हत्या की आवाज़ 11. (प्रेम की) वफ़ादारी का अक्षर 12. सौ बार 13. कांपते कदमों से 14. होंठों का चुम्बन 15. आवाज़

और फिर हर्फ़-ओ-नवा[1] की न ज़रूरत होगी
चश्म-ओ-अबरू[2] के इशारों में मुहब्बत होगी
नफ़रत उठ जाएगी, मेहमान मुरव्वत[3] होगी

हाथ में हाथ लिए, सारा जहां साथ लिए
तोहफ़ा-ए-दर्द[4] लिए, प्यार की सौग़ात लिए
रेगज़ारों से[5] अदावत[6] के गुज़र जाएंगे
ख़ून के दरियाओं से हम पार उतर जाएंगे

गुफ़्तगू बन्द न हो
बात से बात चले
सुबह तक शामे-मुलाक़ात चले
हम पर हंसती हुई ये तारों भरी रात चले

(ब्लिट्ज़, बम्बई)

---

1. अक्षर (शब्द) और आवाज़ 2. आंखों और भवों 3. शील संकोच 4. पीड़ा का उपहार 5. मरुभूमियों से 6. शत्रुता

ख़ज़ाने का सांप | 'सरदार' नक़वी

मेरी मां ने मुझे बताया है
अगले वक़्तों के साहिबाने-दोल[1]
जो ख़ुदावंद[2] की मा'सियत से[3]
उम्र भर लावल्द[4] रहा करते
ये अजब कारे-ख़ैर[5] फ़र्माते
अपनी दौलत को एक बरतन में
बन्द करके कहीं दबा देते
उस पे आटे या चिकनी मिट्टी का
सांप ज़ामिन[6] बना के रख देते
ताकि आइंदा कोई शख़्स अगर
उनकी दौलत की सम्त[7] आंख उठाए
ये ख़ज़ाने का सांप लहरा कर
उसकी औलाद भेंट में चाहे
लोग औलाद भेंट देते थे
और ये माल खोद लेते थे।

मेरी मां ने मुझे बताया है
मेरे नापुख़्ता[8] घर के आंगन में
ऐसा ही माल दफ़्न था शायद
और ये माल यूंही दफ़्न रहा
या किसी और घर में जा पहुंचा
मेरी मां ने मुझे न भेंट दिया

---

1. दौलतमन्द 2. ख़ुदा 3. आज्ञा से 4. निःसन्तान 5. शुभ कर्म 6. प्रतिभू या ज़मानतदार 7. ओर 8. कच्चे

और वो माल हाथ से खोया
मेरी मां भी अजीब औरत है

अपनी मां से ये वाक़्या सुनकर
पहले मुझको यक़ीं[1] न आता था
मैंने अफ़साना[2] इसको समझा था
पर ये अफ़साना इक हक़ीक़त[3] है

पर ये अफ़साना इक हक़ीक़त है
मैंने शादाब[4] खेतियां देखीं
मैंने मिल देखे बैंक भी देखे
मैंने देखा कि माल-ओ-दौलत के
हर ख़ज़ाने पे, हर जगह, हर पल
इक न इक सांप बैठा रहता है

(मन्शूर, कराची)

---

1. यक़ीम, विश्वास 2. कहानी 3. वास्तविकता 4. लहलहाती

ऐ शरीफ़ इन्सानो | 'साहिर' लुधियानवी

ख़ून अपना हो या पराया हो
नस्ले-आदम[1] का ख़ून है आख़िर
जंग मशरिक़ में हो कि मग़रिब में
अम्ने-आलम[2] का ख़ून है आख़िर

बम घरों पे गिरें कि सरहद पे
रूहे-ता'मीर[3] ज़ख़्म खाती है
खेत अपने जलें कि औरों के
ज़ीस्त[4] फ़ाक़ों से तिलमिलाती है

टैंक आगे बढ़ें कि पीछे हटें
कोख धरती की बांझ होती है
फ़तह का ज़श्न हो कि हार का सोग
ज़िन्दगी मय्यतों[5] पे रोती है

जंग तो ख़ुद ही एक मसला[6] है
जंग क्या मसअलों का हल देगी
आग और ख़ून आज बख़्शेगी
भूक और एहतियाज[7] कल देगी

---

1. मानव जाति 2. विश्व-शान्ति 3. निर्माण रूपी आत्मा 4. जीवन 5. लाशों 6. समस्या 7. असन्तोष

इसलिए ऐ शरीफ़ इन्सानो
जंग टलती रहे तो बेहतर है
आप और हम सभी के आंगन में
शमअ़ जलती रहे तो बेहतर है

(शायर, बम्बई)

'अख्गर' मुश्ताक़

जीने के अगर चन्द सहारे भी मिले हैं
तो जान से जाने के इशारे भी मिले हैं

हरचन्द[1] रहे-इश्क़[2] के ग़म सख़्त हैं लेकिन
इस राह के कुछ ग़म हमें प्यारे भी मिले हैं

कुछ अपनी वफ़ाओं से उमीद थी हम को
कुछ उनकी निगाहों के सहारे भी मिले हैं

ऐ राहरवे-राहे-जुनूं[3], भूल न जाना
इस राह में जी जान से हारे भी मिले हैं

1. यद्यपि 2. प्रेम-मार्ग 3. उन्माद के मार्ग का पथिक

इल्ज़ामे-तग़ाफ़ुल[1] हमें तस्लीम[2] है लेकिन
बदले हुए अन्दा तुम्हारे भी मिले हैं

क्या कीजिये तद्‌बीर से हारा नहीं जाता
गो, राह में तक़दीर के मारे भी मिले हैं

तूफ़ां में सभी डूब तो जाते नहीं 'अख़्गर'
कुछ लोगों को तूफ़ां में किनारे भी मिले हैं

(बीसवीं सदी, दिल्ली)

'अख़्तर' नज्मी

तर्के-वफ़ा[3] की बात कहें क्या
दिल में हो तो लब तक[4] आए

दिल बेचारा सीधा सादा
ख़ुद रूठे ख़ुद मान भी जाए

चलते रहिये मंज़िल-मंज़िल
उस आंचल के साए-साए

दूर नहीं था शहे-तमन्ना[5]
आप ही मेरे साथ न आए

आज का दिन भी याद रहेगा
आज वो मुझ को याद न आए

(बीसवीं सदी, दिल्ली)

---

1. उपेक्षा का आरोप 2. स्वीकार 3. प्रेम निभाने का त्याग 4. होटों तक 5. ऐसा नगर जहां अभिलाषाएं पूरी होती हैं

'अख़्तर' सईद

है नसीमे-सुब्ह[1] आवारा उसी के नाम पर
बू-ए-गुल[2] ठहरी हुई है जिस कली के नाम पर
कुछ न निकला दिल में दाग़-हसरते-दिल[3] के सिवा
हाए क्या-क्या तोहमतें थीं आदमी के नाम पर
फिर रहा हूं कू-ब-कू[4] ज़ंजीरे-रुसवाई[5] लिए
है तमाशा सा तमाशा ज़िन्दगी के नाम पर
अब ये आलम[6] है कि हर पत्थर से टकराता हूं सर
मार डाला एक बुत ने बन्दगी के नाम पर
कुछ इलाज उनका भी सोचा तुमने ऐ चारागरो[7]
वो जो दिल तोड़े गए हैं दिलबरी के नाम पर
कोई पूछे मेरे ग़मख़्वारों से[8] तुमने क्या किया
ख़ैर उसने दुश्मनी की दोस्ती के नाम पर
कोई पाबन्दी से हंसने पर न रोना जुर्म है
इतनी आज़ादी तो है दीवानगी के नाम पर
आप ही के नाम से पाई है दिल ने ज़िन्दगी
ख़त्म होगा अब ये किस्सा आप ही के नाम पर
कारवाने-सुब्ह[9] यारो कौनसी मंज़िल में है
मैं भटकता फिर रहा हूं रौशनी के नाम पर

(आल इंडिया रेडियो, भोपाल से प्रसारित)

---

1. प्रभात समीर 2. फुल की महक 3. मनोकामनाओं के दाग़ 4. गली-गली 5. बदनामी रूपी ज़ंजीर 6. हालत 7. उपचारको 8. सहानुभूतिकर्ताओं से 9. प्रभात रूपी कारवान

'अख़्तर' होशियारपुरी

हरचन्द[1] सीने में दिले-कुफ्र-आश्ना[2] नहीं
मैं उसको पूजता हूं जो मेरा ख़ुदा नहीं

वो मेरी ज़िन्दगी है मगर ज़िन्दगी की तर्ह[3]
मुझ से ख़फ़ा नहीं है कि वो बेवफ़ा नहीं

क्या-क्या न अपने साथ ज़मानों को लाई है
वो इक निगाह जिससे कोई आश्ना[4] नहीं

शायद मैं ख़ाकदां[5] के धुएं की लकीर हूं
वो मुझ को देखता है मगर पूछता नहीं

गंज उसकी आज भी मेरे ख़ल्वत-कदे[6] में है
वो नग़मा जिसको तू ने दोबारा सुना नहीं

उन रास्तों की गर्द मेरी ज़िन्दगी पे है
जिन रास्तों पे मैं कभी 'अख़्तर' चला नहीं

(सीप, कराची)

अब्दुल मजीद भट्टी

हासिले-उम्रे-रवां[7] वो एक पल
जिसमें था पहली नज़र का रूप छल
दीदा-ओ-दिल[8] के लिए हैं रहनुमा[9]
ये झिझक, नीची नज़र, अबरू[10] पे बल

---

1. यद्यपि 2. अधर्मी दिल 3. तरह 4. परिचित 5. राखदान 6. एकांत गृह 7. गुज़रती आयु (जीवन) का निष्कर्ष या फल 8. आंख और दिल 9. पथ-प्रदर्शक 10. भौं

प्यास लगती है तो क्यों बुझती नहीं
आप आए तो हुई उलझन ये हल

क्या बुरा था बन्द ही रहती नज़र
ज़िन्दगी बेकैफ़[1] सी है आजकल

नामा-ए-एमाल[2] अभी बेरंग[3] है
चार दिन की चांदनी जाए न ढल

काम तेरा है घनी छांव में क्या
तू मुसाफ़िर है, तुझे चलना है चल

फिर कहीं से इक ज़रा आवाज़ दे
सर पे आई मौत भी जाती है टल

(नक़ूश, लाहौर)

अब्दुल हमीद 'अदम'

एक दिलकश ज़हर से लबरेज़[4] पैमाने का नाम
ज़िन्दगी क्या है ख़ुशी से जल के मर जाने का नाम

अक़्ल है बिलमसलहत[5] बेएतिमादी[6] की रविश[7]
इश्क़ है बेसाख़्ता[8] ईमान ले आने का नाम

आग ही[9] क्या है मुसलसल[10] ख़ुद-फ़रेबी[11] का चलन
रौशनी क्या है फ़रेबे-मुस्तक़िल खाने का नाम

---

1. आनन्द-रहित 2. वह पत्र जिसपर कर्मों का हिसाब लिखा जाता है 3. खाली 4. परिपूर्ण 5. अच्छाई-बुराई देखकर चलनेवाली 6. अविश्वास 7. चलन 8. निःसंकोच, तुरन्त 9. जिज्ञासा 10. निरन्तर 11. अपने आपको धोखा देना

ख़ामुशी उरियानी-ए-मफ़हूम[1] का ताबिश कदा[2]
गुफ़्तगू माशूक़ को मलबूस[3] पहनाने का नाम

अब मुझ दारो-रसन[4] की सम्त[5] मुड़ने दीजिए
आपने ख़ुद तो चुना था मेरे अफ़साने का नाम

ख़्वाहिशों की इब्तिदा[6] ग़ुञ्चे चटकने की सदा[7]
ख़्वाहिशों की इन्तिहा फूलों के मुर्झाने का नाम

दोस्तदारी का ये पैराया[8] भी क्या दिलचस्प है
ले रहे हैं सामने मेरे वो बेगाने का नाम

हैं 'अदम' के ज़िक्र पर क्यों आप इतने पुरग़ज़ब[9]
शमअ़ के हमराह आ जाता है परवाने का नाम

(नक़ूश, लाहौर)

अहमद 'नदीम' क़ासमी

मरूं तो मैं किसी चेहरे में रंग भर जाऊं
नदीम! काश यही एक काम कर जाऊं

ये दश्ते-तर्के-मुहब्बत[10], ये तेरे क़ुर्ब[11] की प्यास
जो इज़्न[12] हो तो तेरी याद से गुज़र जाऊं

मेरा वुजूद[13], मेरी रूह को पुकारता है
तेरी तरफ़ भी चलूं तो ठहर-ठहर जाऊं

---

1. अर्थों की नग्नता 2. अग्निकुण्ड 3. वस्त्र 4. फांसी और फंदा 5. ओर 6. प्रारम्भ 7. स्वर 8. ढंग 9. क्रोधित 10. प्रेम-त्याग का मरुस्थल 11. समीपता 12. आज्ञा 13. अस्तित्व

तेरे जमाल[1] का परतौ[2] है सब हसीनों पर
कहां-कहां तुझे ढूंढूं, किधर-किधर जाऊं

मैं ज़िन्दा था कि तेरा इन्तिज़ार ख़त्म न हो
जो तू मिला है तो अब सोचता हूं मर जाऊं

ये सोचता हूं कि मैं बुतपरस्त[3] क्यों न हुआ
तुझे करीब जो पाऊं तो ख़ुद से डर जाऊं

किसी चमन में, बस इस खौफ़ से गुज़र न हुआ
किसी कली पे न भूले से पांव धर जाऊं

ये जी में आती है तख़्लीक़े-फ़न[4] के लमहों में[5]
कि ख़ून बन के रगे-संग में[6] उतर जाऊं

(नक़ूश, लाहौर)

'अहमद' हमदानी

अब ये होगा शायद अपनी आग में ख़ुद जल जाएंगे
तुमसे दूर बहुत रहकर भी क्या पाया है क्या पाएंगे

दुख भी सच्चे सुख भी सच्चे फिर भी तेरी चाहत में
हमने कितने धोके खाये कितने धोके खाएंगे

अक़्ल पे हमको नाज़ बहुत था, लेकिन ये कब सोचा था
इश्क के हाथों में भी होगा, लोग हमें समझाएंगे

कल के दुख भी कौन से बाक़ी, आज के दुख भी कै दिन के
जैसे दिन पहले काटे थे, ये दिन भी कट जाएंगे

---

1. सौन्दर्य 2. प्रतिबिम्ब 3. मूर्तिपूजक 4. कला-सृजन 5. क्षणों में 6. पत्थर की नसों में

हमसे आबला-पा[1] जब तन्हा, घबराएंगे सहरा में
रास्ते सब तेरे ही घर की जानिब मुड़ जायेंग

आंखों से ओझल होना क्या दिल से ओझल होना है
तुझसे छुटकर भी अहले-ग़म[2] क्या तुझसे छुट जायेंगे

(नया दौर, कराची)

'उमीद' फ़ाज़िली

अक़्ल ने हमको यूं भटकाया रह न सके दीवाने भी
आबादी को ढूंडने निकले, खो बैठे वीराने भी

चश्मे-साक़ी[3] भी नम[4] है लौ देते हैं पैमाने भी
तश्ना-लबी[5] के सैले-तपां[6] से बच न सके मयख़ाने भी

संगे-जफ़ा[7] को ख़ुशख़बरी दो, मुज़दा[8] दो ज़ंजीरों को
शहे-ख़िरद[9] में आ पहुंचे हैं, हम जैसे दीवाने भी

हमने जब जिस दोस्त को भी आईना दिखाया माज़ी[10] का
हैरां होकर अक्स[11] ने पूछा आप मुझे पहचाने भी

जिस्म की तश्ना-सामानी[12] से जिस्म ही ना-आसूदा[13] नहीं
टूट गए उस ज़द[14] पर आकर रूह के ताने बाने भी

---

1. जिनके पैरों में छाले पड़े हैं 2. ग़म वाले (वियोगी) 3. साक़ी की आंख 4. सजल 5. पिपासा 6. गर्मी का सैलाब 7. उपेक्षा रूपी पत्थर 8. शुभ समाचार 9. बुद्धि रूपी नगर 10. अतीत 11. प्रतिबिम्ब 12. पिपासा 13. अतृप्त 14. लक्ष्य, आघात

अन्देशो[1] और बज़्मे-जानां[2] दार[3] का ज़िक्र और इतना सुकूत[4]
दीवानों के भेस में शायद आ पहुंचे फ़रज़ाने[5] भी

(सीप, कराची)

'क़तील' शिफ़ाई

प्यार की राह में ऐसे भी मुक़ाम[6] आते हैं
सिर्फ़ आंसू जहां इन्सान के काम आते हैं

उनकी आंखों से रखे क्या कोई उमीदे-करम[7]
प्यास मिट जाए तो गर्दिश में वो जाम आते हैं

ज़िन्दगी बनके वो चलते हैं मेरी सांस के साथ
उनको ऐसे कई अन्दाज़े-ख़िराम[8] आते हैं

हम न चाहें तो कभी शाम के साए न ढलें
हम तड़पते हैं तो सुब्हों के सलाम आते हैं

हम पे हो जाएं न कुछ और भी रातें भारी
याद अकसर वो हमें अब सरे-शाम[9] आते हैं

छिन गए हमसे जो हालात की राहों में 'क़तील'
उन हसीनों के हमें अब भी प्याम आते हैं

(नक़ूश, लाहौर)

---

1. शंकाएं 2. प्रेयसी की महफ़िल 3. फांसी 4. चुप्पी 5. बुद्धिमान 6. स्थान, परिस्थितियां 7. कृपा की आशा 8. चलने के ढंग 9. संध्या समय

'कैफ़' अन्सारी

चांद उभरा न मेरे जिस्म से साया निकला
शामे-ग़म आई तो मैं घर से अकेला निकला

आज आया है दरीचे पे हवा का झोंका
आज कोई तो मुझ देखने वाला निकला

ये अलग बात कि खुलने लगे पलकों के वरक़[1]
नोके-लब[2] से न कभी हर्फ़े-तमन्ना[3] निकला

हो गए और, दर-ओ-बाम[4] नज़र से ओझल
दरहक़ीक़त[5] ये उजाला भी अंधेरा निकला

कोई आवाज़ तो आ जाती कहीं से वापस
ये कुआं घर का तो इतना भी न गहरा निकला

लौट जा, अब मेरी आंखों में नहीं हैं आंसू
तू समन्दर जिसे समझा था वो सहरा[6] निकला

(सीप, कराची)

'ख़लिश' सहबाई

जीवन कोई अमर नहीं है, न कोई तख़्त अकाल
उड़न खटोलों वाले राजे जाय बसे पाताल

तू वो फूल है मोती रोले गोद में जिसकी ओस
मैं वो पत्ता टूट गिरूं तो रोले न मुझको डाल

---

1. पृष्ठ 2. होटों की नोक 3. इच्छा का शब्द 4. दरवाज़ा और छत 5. वास्तव में 6. मरुस्थल

मुझको दिल पर मान बड़ा था जीवन साथी जाना था
एक नज़र ने ये समझाया, है ये पराया माल

आज मित्रता बैन करे है खोले अपने बाल
प्रेम कहां से पाएं जब इन्सानों का है काल

घोर अंधेरा ज़र्द सबेरा दोनों उसके रूप
किसको छोड़ूं किसको ढूंढूं आन पड़ा जंजाल

चारों ओर फिरो खंगालो चाहे सब संसार
'खलिश' न हम सा होगा पैदा कोई भी दुख-पाल

(सीप, कराची)

खुर्शीद अहमद 'जामी'

अब कोई प्यार महकता है न जलते हैं बदन
आ गई वक़्त के चेहरे पे ख़यालों की थकन

रात कुछ देर तेरे शहर में रुक जाती है
और हो जाते हैं यादों के दरीचे रौशन[1]

जब भी हालात ने ज़ख्मों को छुपाना चाहा
चीख़ उठे हैं उमीदों के फटे पैराहन[2]

ज़िन्दगी आज भी कुछ सोच रही है जैसे
हर उदासी को समझ कर तेरे माथे की शिकन[3]

यूं नज़र आते हैं अब दूर से माज़ी[4] के महल
जैसे वीराने में तारीक-ो-शिकस्ता मदफ़न[5]

(अफ़कार, कराची)

---

1. प्रकाशमान 2. वस्त्र 3. त्योरी 4. अतीत 5. अंधेरी और टूटी हुई कब्र

गुलाम रब्बानी 'ताबां'

एक तुम ही नहीं दुनिया में जफ़ाकार[1] बहुत
दिल सलामत है तो दिल के लिए आज़ार[2] बहुत

हाए क्या चीज़ है महरूमी-ओ-ग़म[3] के रिश्ते
मिल गए ज़ीस्त[4] के हर मोड़ पे ग़मख़्वार[5] बहुत

यादे-अहबाब[6] की ख़ुश्बू से महकती शामें
कुछ कहो, होती हैं कम्बख़्त दिलाज़ार[7] बहुत

इश्क़े-आवारा कहां, क़ैदे-दरो-बाम[8] कहां
बेनवाओं[9] के लिए साया-ए-दीवार[10] बहुत

दिल की रफ़्तार बदल जाती थी आवाज़ के साथ
याद आता है वो पैराया-ए-गुफ़्तार[11] बहुत

वक़्त इक रोज़ बताएगा जनूं[12] की अज़मत[13]
यूं तो हम लोग हैं रुसवा सरे-बाज़ार[14] बहुत

(शमअ, दिल्ली)

जगन्नाथ 'आज़ाद'

जलवा तेरा इस तरह से नाकाम न होता
हम तूर[15] पे होते तो ये अंजाम न होता

1. अत्याचारी 2. दुःख 3. वंचितता तथा ग़म 4. जीवन 5. सहानुभूतिकर्ता 6. मित्रों की याद 7. दिल दुखाने वाली 8. दरवाज़े और छत की क़ैद (सीमा) 9. दरिद्रों 10. दीवार की छाया 11. बातचीत का ढंग 12. उन्माद 13. महानता 14. बीच बाज़ार में 15. तुर नामक पहाड़ (जहां हज़रत मूसा को खुदा ने आदेश दिये थे)

सुनता मैं कहां वाइज़े-नादां[1] की नसीहत
गर वा'ज़-ओ-नसीहत[2] में तेरा नाम न होता

ग़ुञ्चे की चटक दिल की तहों में न उतरती
इसमें जो नहिफ़्ता[3] तेरा पैग़ाम न होता

ये रिज़्क़[4] की हैं, कोर-निगाही[5] की नहीं बात
दाना भी न होता, जो कहीं दाम[6] न होता

कटता भला क्योंकर शबे-फ़ुर्क़त[7] का अंधेरा
पलकों पे चिराग़ां[8] जो सरे-शाम[9] न होता

आज़ाद! निशेमन[10] से कफ़स[11] में जो न आते
इस वक़्त जो हासिल[12] है वो आराम न होता

(बीसवीं सदी, दिल्ली)

'जमील' मज़हरी

दिए भी हों तो पुजारी सूरज के सांस क्या लेंगे तीरगी में[13]
कहो पतंगों से रक़्स कर लें, चिराग़ की धीमी रौशनी में

मुआफ़ ऐ नाज़े-रहनुमाई[14], पहुंच के मंज़िल पे भी न पाई
वो लज़्ज़ते-ख़्वाब[15] जो मयस्सर[16] हुई हो सरे-राहे-ख़स्तगी में[17]

---

1. नादान धर्मोपदेशक 2. सदुपदेश 3. छुपा हुआ 4. अन्न 5. नज़र 6. जाल 7. वियोग की रात 8. दीपमाला 9. संध्या समय 10. नीड़ 11. पिंजरा 12. प्राप्त 13. अंधेरे में 14. पथ-प्रदर्शन का नाज़ 15. सोने का आनन्द 16. प्राप्त 17. दरिद्रता की राह में

वफ़ा को थोड़ी सी बेनियाज़ी कमइल्तिफ़ाती[1] ने तेरी दे दी
अब और क्या चाहिए ख़ुदी[2] को तेरी मुहब्बत की बेख़ुदी[3] में

छुपी न जब ख़ाके-आस्तां[4] से छुपेगी क्या चश्मे-नुक्तादां[5] से
वो इक शिकन[6] जो ज़रा सी उभरी जबीने-मजबूरे बन्दगी[7] में

इधर अंधेरे की लानतें हैं, उधर उजाले की ज़हमतें[8] हैं
तेरे मुसाफिर लगाएं बिस्तर, कहां पे सहरा-ए-ज़िन्दगी[9] में

'जमील' हम उठके गिर पड़े और गुज़र गया कारवां हमारा
ग़ुबार की बात तक न पूछी मुसाफ़िरों ने रवारवी में

(नक़ूश, लाहौर)

'ज़हीर' काश्मीरी

कुछ बस न चला, जज़्बा-ए-ख़ुदकाम[10] के आगे
झुकना ही पड़ा उस बुते-बदनाम के आगे

इक और भी हसरत है पसे-हसरते-दीदार[11]
इक और भी आग़ाज़[12] है अंजाम[13] के आगे

आ, और इधर कोई तजल्ली[14] की किरन फैंक
बैठे हैं गदा[15] तेरे दरो-बाम[16] के आगे

---

1. उपेक्षा 2. अहं 3. आत्मविसर्जन 4. देहलीज़ या मकबरे की धूल 5. मर्मज्ञ की नज़र 6. रेखा, बल 7. आराधना के लिए विवश (व्यक्ति) का माथा 8. कष्ट 9. जीवन रूपी मरुस्थल 10. स्वार्थ की भावना 11. देखने की आकांक्षा के पीछे 12. प्रारम्भ 13. अन्त 14. ज्योति (तूर नामक पहाड़ पर हज़रत मूसा के लिए फेंकी गई ज्योति की ओर संकेत है) 15. फ़क़ीर 16. दरवाज़े और छत

ये इश्क़ है बाज़ीचा-ए-इतफ़ाल[1] नहीं है
कुछ और भी है कूचा-ए-असनाम के[2] आगे

यूं उनकी जफ़ाओं से[3] मिली हमको बसीरत[4]
हम झुक न सके गर्दिशे-अय्याम[5] के आगे

ऐ पुख़्ता-ख़िरद[6]! मुझको क़सम मेरे जुनूं[7] की
दुनिया-ए-हक़ीक़त[8] भी है औहाम[9] के आगे

अब कुछ भी नहीं हासिले-तद्बीरे-मुहब्बत[10]
अब कुछ भी नहीं नामा-ओ-पैग़ाम[11] के आगे

'जावेद' शाहीं

तल्ख़ी-ए-ज़हर[12] अभी शामिले-जां[13] रहने दे
मुझ पे जो गुज़री है कुछ उसका निशां रहने दे

ये बुझे जाम, ये रोई हुई शमएं न हटा
चन्द घड़ियां ख़लिशे-ऐशे-गिरां[14] रहने दे

देख उजड़े हुए मन्ज़र[15] अभी दिल-सोज़[16] नहीं
और कुछ रोज़ युंही रंगे-ख़िज़ां[17] रहने दे

---

1. बच्चों का खेल 2. मूर्तियों अथवा सुन्दरियों की गलियों के 3. अपेक्षाओं से 4. दृष्टि या बुद्धि 5. कालचक्र 6. दृढ़ बुद्धि 7. उन्माद 8. वास्तविक संसार 9. भ्रमों 10. प्रेम-प्राप्ति की युक्ति का लाभ 11. पत्र और संदेश 12. विष की कड़वाहट 13. जान अथवा जीवन में सम्मिलित 14. बोझल अथवा महंगी ऐश की घटक 15. दृश्य 16. शुभचिन्तक 17. पतझड़ का रंग या समय

कुछ तो रौशन हों मेरे जिस्म की तारीक[1] रगें
मौजा-ए-ख़ूं पे[2] कोई शमए-रवां[3] रहने दे

वो तेरे दर्द की गहराई कहीं देख न ले
नौहा-ए-ज़ख़्म[4] को महरूमे-ज़बां[5] रहने दे

चन्द गुमनाम सी यादों की महक है दिल में
इस ख़राबे[6] में ये गुलहाए-ख़िज़ां[7] रहने दे

(सवेरा, लाहौर)

'जोश' मलीहाबादी

यूं ढल गया है दर्द में दरमां[8] कभी-कभी
ग़ुञ्चे बने हैं गिरया-ए-पिन्हां[9] कभी-कभी

हौंकी हैं बादे-सुब्ह[10] की रौ में भी आंधियां
उबला है साहिलों से भी तूफ़ां कभी-कभी

बढ़ता चला गया हूं उन्हीं की तरफ़ कुछ और
यूं भी हुआ हूं उनसे गुरेज़ां[11] कभी-कभी

आंचों में गुनगुनाते हैं गुल्ज़ार गाह-गाह[12]
शो'लों से पट गया है गुलिस्तां कभी-कभी

लौ से निकल पड़ी है कभी हिचकियों की फ़ौज
आहें बनी हैं राग का उन्वां[13] कभी-कभी

---

1. अंधेरी 2. रक्त की लहरों पर 3. बहता दीपक 4. घायल का आर्तनाद 5. वाणी-रहित 6. खंडहर 7. पतझड़ के फूल 8. उपचार 9. निहित रोदन या विलाप 10. प्रभात समीर 11. विरक्त 12. कभी-कभी 13. शीर्षक

दामाने-गुल-रुख़ां[1] की उड़ा दी हैं धज्जियां
फाड़ा है हमने यूं भी गिरेबां कभी-कभी

कलियां झुलस गई हैं, दहकने लगे हैं फूल
यूं भी चली है बादे-बहारां[2] कभी-कभी

उस वक़्त भी कि ख़ातिरे-मजमूआ[3] थी नसीब
कमबख़्त दिल हुआ है परीशां कभी-कभी

(सीप, कराची)

'नज़ीर' बनारसी

एक दीवाने को आए हैं समझाने कई
पहले मैं दीवाना था और अब हैं दीवाने कई

अक़्ल बढ़ कर बन गई थी दर्दे-सर जाते कहां
आ गए दीवानगी की हद में फ़र्ज़ाने[4] कई

सारी दुनिया आ रही है देखने के वास्ते
सरफिरों ने एक कर डाले हैं वीराने कई

क्या हमारे दौर के कुछ पीने वाले उठ गए
आज ख़ाली क्यों नज़र आते हैं पैमाने कई

मुझको चुप रहना पड़ा सिर्फ़ आपका मुंह देखकर
वर्ना महफ़िल में थे मेरे जाने पहचाने कई

---

1. फूल ऐसे चेहरे वालों के दामन 2. वसन्त-पवन 3. सबकी ओर से खातिरदारी 4. बुद्धिमान

किस तरह वो दिन भुलाऊं जिस बुरे दिन शरीक[1]
एक भी अपना नहीं था और बेगाने कई

एक ही पत्थर लगे हैं हर इबादत-गाह[2] में
घड़ लिए हैं एक बुत के सब ने अफ़साने कई

मैं वो काशी का मुसलमां हूं कि जिसको ऐ 'नज़ीर'
अपने घेरे में लिए रहते हैं बुतख़ाने कई

(आजकल, दिल्ली)

फ़ज़ा इब्ने-फ़ैज़ी

पांव के कांटे, रूह के नश्तर जीवन-जीवन बिखरे हैं
मेरे अहद[3] के इन्सां हैं या ज़ख़्म के ख़िरमन[4] बिखरे हैं

हिम्मत हो तो झांक के देखो हस्ती की महराबों से
वक़्त है वो दीवार कि जिसमें दर्द के रोज़न[5] बिखरे हैं

नग़मों पर सर धुनने वाले, साज़ का सीना चीर के देख
गीत का चंचल रूप बदल कर रूह के शेवन[6] बिखरे हैं

जब भी तेरी याद का मौसम दिल को छूकर गुज़रा है
मेरी प्यासी आंखों से जलते हुए सावन बिखरे हैं

लुट जाएगी जिस्म की चांदी, सीमबरो[7] हुशियार रहो
शहर की ख़्वाबीदा[8] गलियों में जागते रहज़न[9] बिखरे हैं

---

1. साथी 2. पूजास्थल 3. युग 4. खलियान 5. छिद्र
6. क्रन्दन 7. चांदी बदनवालो 8. निद्रित 9. डाक

लोग तुम्हारे आरिज़-ओ-लब[1] से कर लेंगे ता' बीर[2] उन्हें
कुछ अनदेखे जल्वे हैं जो चिलमन-चिलमन बिखरे हैं

मोती जैसे जगमग करते, पत्थर जैसे भारी लोग
राहों में कंकर की तरह हालात के कारण बिखरे हैं

मुझ से मेरे दौरे-जुनूं[3] के नागुफ़्ता[4] हालात न पूछ
जलते आंसू, भीगे शो'ले, दामन-दामन बिखरे हैं

(नक़ूश, लाहौर)

'फ़िराक़' गोरखपुरी

ऐ दोस्त तुझको जादा-ए-दिल[5] की ख़बर नहीं
तू जिससे जा रहा है तेरी रहगुज़र नहीं

हां दिल दुखा ज़रूर पर इतना न दिल दुखा
हां जौर[6] कर ज़रूर मगर इस क़दर नहीं

इस ज़िन्दगी में कौन सवा ज़िन्दगी के है
बेज़ार ज़िन्दगी से बहुत हूं मगर नहीं

तेरी निगाहे-नाज़[7] से जो तै न पा सके
ऐसा तो कोई मरहला-ए-ख़ैर-ओ-शर[8] नहीं

इस सरज़मीने-दिल[9] पे उजाला न हो सका
जिस पर तेरी सबाहते-रुख़[10] की सहर[11] नहीं

हर इक ख़ुशी जहां की हक़ीक़ी ख़ुशी कहां
हर एक ग़म जहां का ग़मे-मोतबर[12] नहीं

---

1. कपोल और होंठ 2. समझ लेंगे 3. उन्माद-काल 4. अनकहे 5. हृदय-मार्ग 6. अत्याचार 7. नाज़ों भरी नज़र 8. अच्छाई-बुराई की समस्या है 9. दिल रूपी धरती 10. चेहरे की सुन्दरता 11. सुबह 12. वास्तविक ग़म

ऐ रहरवाने-राहे-मुहब्बत[1] बढ़ चलो
इस रहगुज़र में साया-ए-दीवार-ओ-दर नहीं

ये क़ौले-आस्मां[2] है कि ये शामे-इन्तिज़ार
वो शाम है 'फ़िराक़' कि जिसकी सहर नहीं

(आजकल, दिल्ली)

बशीर बद्र

मरे सीने पे वो सर रखे हुए सोता रहा
जाने क्या थी बात मैं जागा किया, रोता रहा

वादियों में गाह[3] उतरा और कभी परबत चढ़ा
बोझ सा इक दिल पे रक्खा है जिसे ढोता रहा

गाह पानी, गाह शबनम और कभी ख़ूनाब[4] से
एक ही था दाग़ सीने में जिसे धोता रहा

पूछने वालों ने आकर हाले-दिल पूछा मगर
दर्द जिस पहलू से होता था जहां, होता रहा

रोने वालों ने उठा रखा था घर सर पे मगर
वो तमाम उम्र जागा था, पड़ा सोता रहा

रात की पलकों पे तारों की तरह जागा किया
सुब्ह की आंखों में शबनम की तरह सोता रहा

(नकूश, लाहौर)

---

1. प्रेम-मार्ग के पथिको 2. आकाश का कथन या वचन 3. कभी 4. ख़ून रूपी पानी (ख़ून)

'मख़्मूर' सईदी

बयाने-शौक़[1] पे माइल[2] वो कमनज़र[3] होंगे
जो ज़ब्ते-शौक़[4] की लज़्ज़त से बेख़बर होंगे

लज़ीज़ हो तो हिकायत[5] दराज़[6] होती है!
हम अहले-ग़म के फ़साने तो मुख़्तसर होंगे

मिलेगी इश्क़ की उनमें भी कारफ़र्माई[7]
वो हादिसे जो किसी और नाम पर होंगे

खुला न था ये कभी राज़ उनकी क़ुरबत[8] में
कि दूर हो के वो मुझसे क़रीबतर होंगे

तू आफ़्ताबे-हक़ीक़त[9] कहीं तलूअ[10] तो हो
न हो सकें, तेरे हम रू-ब-रू, मगर होंगे

जो गा दिए हैं वो नग़मे भी ख़ैर मेरे हैं
मगर जो गा न सका वो हसीनतर[11] होंगे

अब उनका ज़िक्र मेरी गुफ़्तगू में है 'मख़्मूर'!
अब एतिराज़ मेरी बात-बात पर होंगे

(पूनम, हैदराबाद)

---

1. प्रेम-प्रकटन 2. प्रवृत्त 3. अल्प दृष्टि या बुद्धि वाले 4. प्रेम-प्रकटन पर नियंत्रण 5. कथा 6. लम्बी 7. कार्यवाही 8. सामीप्य 9. वास्तविकता रूपी सूर्य 10. उदय 11. सुन्दरतम

'मज़हर' इमाम

है भरे दरख़्तों के बावजूद बन तन्हा
रोज़-ओ-शब के हंगामे फिर भी अंजुमन[1] तन्हा

रतजगों के वो साथी किस जहां में बसते हैं
क्या हमीं तक आएगी सुब्ह की किरन तन्हा

ज़ुल्फ़ की हसीं रातें किस पे साया-अफ़ग़न[2] हैं
मेरे घर तक आई है बू-ए-यासमन[3] तन्हा

तेरी याद ने उठकर मुझसे कल ये पूछा था
अपने ग़म के सहरा में जा सकोगे तन-तन्हा

कुछ कमी न थी दिल की कूचा-ए-मुहब्बत में
एक हम ही आए थे ले के जान-ओ-तन तन्हा

हाए ये शबे-वादा दिल का हाल क्या कहिए
हुजला-ए-उरुसी[4] में जिस तरह दुल्हन तन्हा

थी ख़ुदा की शिर्कत[5] भी वर्ना बोझ नफ़रत का
किस तरह उठा पाते शेख़-ओ-बरह्मन तन्हा

(नकूश, लाहौर)

'महशर' बदायूनी

नहीं गुलों की जो कांटों की अब ख़ुशी है मुझे
कि रास्ते में ये दौलत पड़ी मिली है मुझे

---

1. महफ़िल 2. छाया बिखेरे हुए 3. चमेली की सुगंध
4. दुल्हन का छपरखट 5. साझेदारी

कुछ ऐसी आग सी महसूस हो रही है मुझे
कहीं की भड़की हुई जैसे लग गई है मुझे

बहुत मैं सोच चुका फिर भी एक सोच में हूं
कि जैसे और भी कुछ सोचना अभी है मुझे

रहे-सफ़र में है दूर एक ज़ौ[1] ख़ुदा जाने
ये शहर से कि बियाबां से तक रही है मुझे

कली के दिल पे गई है मेरी नज़र जब से
बहुत अज़ीज़[2] कली की शिगुफ़्तगी[3] है मुझे

हवस[4] के दौरे-जुनूं[5] में मेरे लिए क्या है
चलो, नसीब तो इक ज़ख़्मे-आगही[6] है मुझे

(अलशुजअ़, लाहौर)

'मोह्सिन' भोपाली

जामे-तही[7] क़ुबूल न था ग़म समो लिए
फूलों के इन्तिज़ार में कांटे चभो लिए

महरूमी-ए-दवाम[8] भी क्या लुत्फ़ दे गई
ये सोच कर हंसे हैं कि इक उम्र रो लिए

हम हैं वो सादालोह[9] कि पाकर रज़ा-ए-दोस्त[10]
ख़ुद अपने हाथ अपने ही ख़ं में डबो लिए

---

1. रौशनी 2. प्रिय 3. खिलना 4. तृष्णा 5. उन्माद-काल 6. जानकारी (ज्ञान) रूपी घाव 7. शराब का खाली प्याला 8. स्थायी वंचितता 9. सीधे-सादे व्यक्ति 10. मित्र की इच्छा

पिछला पहर है शब का कि है शाम का समां
वो क्या बता सकेंगे जो इक नींद सो लिए

क्या जब्र है सबूते-वफ़ा[1] पेश कीजिये
और उनका नाम आए तो फिर लब न खोलिए

(सीप, कराची)

'मुज़्तर' अकबराबादी

दिल का मुआमला जो सपुर्दे-नज़र[2] हुआ
दुश्वार से ये मरहला[3] दुश्वार-तर[4] हुआ

उभरा हर इक ख़याल की तह से तेरा ख़याल
धोका तेरी सदा का हर आवाज़ पर हुआ

राहों में एक साथ ये क्यों जल उठे चिराग़
शायद तेरा ख़याल मेरा हम-सफ़र हुआ

सिमटी तो और फैल गई दिल में मौजे-दर्द[5]
फैला तो और दामने-ग़म मुख़्तसर हुआ

लहरा के तेरी ज़ुल्फ़ बनी इक हसीन शाम
खिलकर तेरे लबों का तबस्सुम[6] सहर[7] हुआ

पहली नज़र की बात थी पहली नज़र के साथ
फिर ऐसा इत्तिफ़ाक़ कहां उम्र भर हुआ

दिल में जिराहतों के[8] चमन लहलहा उठे
'मुज़्तर' जब उसके शहर से अपना गुज़र हुआ

(नकूश, लाहौर)

---

1. वफ़ादारी का प्रमाण 2. नज़र के हवाले 3. समस्या 4. कठिनतर 5. दर्द की लहर 6. मुस्कराहट 7. सुबह 8. घावों के

राहत 'नसीम' मलिक

शाम के शो'ले से क्या शम'एं फ़रोज़ां हो गईं[1]
ख़्वाब सी परछाइयां भी जसे इन्सां हो गईं

दूर की फ़स्लें, हरी रुत को तरसती ही रहीं
अब के शायद बेअसर आंखों की झड़ियां हो गईं

वक़्त के रेगे-रवां[2] में गुम हुए कितने सराब[3]
दिल को इस अंधे सफ़र पे निकले सदियां हो गईं

वो नहीं तो सबने गहरी चुप की चादर ओढ़ ली
शहर की हंसती गुज़रगाहें भी वीरां हो गईं

चांद आंखों में उतरकर कुछ अजब दुख दे गया
सूनी रातें मेरी तन्हाई की पहचां[4] हो गईं

सोच की रौ[5] जिह्न[6] के शीशे में ढलते ही 'नसीम'
कितनी तस्वीरें थीं जो काग़ज़ पे उरियां[7] हो गईं

(सवेरा, लाहौर)

'शबनम' रोमानी

मैंने किस शौक़ से इक उम्र ग़ज़ल-ख़्वानी की[8]
कितनी गहरी हैं लकीरें, मेरी पेशानी की[9]

---

1. जल गई 2. बहती रेत 3. मरीचिकाएं 4. पहचान 5. लहर 6. मस्तिष्क 7. नग्न (स्पष्ट) 8. गज़लें कहीं, लिखीं या सुनाईं 9. माथे की

वक़्त है मेरे तआक़ुब में, छुपा ले मुझको
जूए-कम आब[1]! क़सम तुझको तेरे पानी की

यूं गुज़रती है रग-ओ-प[2] से तेरी याद की लहर
जैसे ज़ंजीर छनक उठती है ज़िन्दानी[3] की

अजनबी से नज़र आए तेरे चेहरे के नक़ूश[4]
जब तेरे हुस्न पे मैंने नज़र-सानी की[5]

मुझ से कहता है कोई आप परीशान न हों
मेरी जुल्फ़ों को तो आदत है परीशानी की[6]

ज़िन्दगी क्या है? तिलिस्मात की[7] वादी का सफ़र
फिर भी फ़ुर्सत नहीं मिलती मुझे हैरानी की

(औराक़, लाहौर)

'शाज़' तमकनत

सहर-ओ-शाम[8] मेरी दूर की आहट जैसे
बिस्तरे-ख़्वाब[9] पे जागी हुई करवट जैसे

इक तसन्नो[10] है कि सब जीते हैं जी लेना है
ज़िन्दगी तेरे बग़ैर एक बनावट जैसे

तेरी पलकें हैं कि जिस तरह सिपर[11] डाले कोई
तेरी आंखें हैं तेरी प्यास का घूंघट जैसे

---

1. कम पानी की लहर 2. नस-नस 3. क़ैदी 4. नैन-नक्श 5. पुनः दृष्टि डाली 6. बिखरने की 7. जादुओं की 8. सुबह-शाम 9. नींद का बिस्तर 10. बनावट 11. ढाल (हथियार डालना)

उंगलियां कांपती हैं चुटकियां जल उठती हैं
आज तक हुस्न के चेहरे पे हो घूंघट ज़से

किसको मालूम था नामूसे-जबीं[1] का आलम[2]
एक दुनिया हुई मुझको तेरी चौखट जैसे

रौशनी छनती हुई आस के काशाने[3] से
कोई भूले से खुला छोड़ गया पट जैसे

'शाज़' नग़मों पे शबे-वस्ल[4] का नूर उतरा है
उसकी पेशानी पे बालों की कोई लट जैसे

(नक़ूश, लाहौर)

'शायर' लखनवी

जो चुप रहें तो कसक हो हंसें तो ख़ूं टपके
तेरी नज़र ने दिया ज़ख़्म भी रफ़ू की तरह

सिखा रहे हैं वो आदाबे-मयकशी[5] हमको
जो मयकदे[6] में छलकते रहे सबू[7] की तरह

सुराग़े-क़त्ल[8] मिला ख़ुद अदा-ए-क़ातिल से
वो रंगे-रुख़[9] भी पुकारा मेरे लहू की तरह

सुकूत[10] पर भी वो शायद बिठाएंगे पहरे
सुकूत भी तो है इक जुर्म, गुफ़्तगू की तरह

तेरे विसाल[11] की ख़ुशबू, तेरे फ़िराक़ का रंग
मेरा वुजूद[12] है इक शहरे-रंगो-बू[13] की तरह

---

1. माथे की लज्जा 2. हालत 3. मकान 4. मिलन की रात 5. शराब पीने के ढंग 6. मधुशाला 7. छोटा घड़ा 8. हत्या का पता (खोज) 9. चेहरे का रंग 10. चुप्पी 11. मिलन 12. अस्तित्व 13. रंगों और सुगन्धों का नगर

हमें भी देख कि हम ज़िन्दगी के सहरा[1] में
खिले हुए हैं किसी ज़ख़्मे-आरज़ू की[2] तरह

(नक़ूश, लाहौर)

'शाहिद' मन्सूर

अपने आप बना करती है, ज़िह्न में एक अजब तस्वीर
दिल को घेरे रखती है, अनजानी ख़ुश्बू की ज़ंजीर

वक़्त की बादे-तुन्द[3] उलटती जाती है औराक़े-हयात[4]
कौन भला पढ़ने पाया है भागते लम्हों[5] की तहरीर[6]

दश्ते-हवस[7] के रहने वाले दर्द के रिश्ते क्या समझें
एक ही क़ौस[8] में घूमते जाएं अपनी तमन्नाओं के असीर[9]

जंगल-जंगल पूछ रहे हैं मुंह फाड़े ताराज[10] खंडर
कब तक यूंही सहराओं में होगी शहरों की ता'मीर

सब कुछ भूल चुके हैं लेकिन अब भी दिल में तेरी याद
जैसे सोई हुई सड़कों पर जागे रौशनियों की लकीर

जिस्मों के इस शहरे-तरब[11] में 'शाहिद' कौन बताएगा
कब आंखें बिन आंसू रोईं कैसे निगाह बनी ज़ंजीर

(सीप, कराची)

---

1. मरुस्थल 2. आकांक्षा के घाव की 3. तेज़ हवा 4. जीवन-पृष्ठ 5. क्षणों 6. लिखावट 7. लिप्सा रूपी मरुस्थल 8. चक्र 9. कैदी, बन्दी 10. टूटे-फूटे 11. आनन्दों अथवा प्रसन्नताओं का शहर

'सलाम' मछली शहरी

सुब्ह-दम[1] यूं भी फ़सुर्दा[2] हो गया
ऐ दिले-नाज़ुक तुझे क्या हो गया
सीना-ए-बरबत[3] से जो शो'ला उठा
ग़मज़दों के[4] दिल का नग़मा हो गया
शुक्रिया ऐ गर्दिशे-जामे-शराब[5]
मैं भरी महफ़िल में तन्हा हो गया
रात दिल को था सहर[6] का इन्तिज़ार
अब ये ग़म है क्यों सवेरा हो गया
पूछिए उससे ग़मे-साज़े-ख़ुलूस[7]
चार ही दिन में जो रुसवा हो गया
बुझ गई कुछ इस तरह शमए-'सलाम'
जैसे इक बीमार अच्छा हो गया

(सवा, हैदराबाद)

सलीम सालम

शह्रे-तक़द्दुस[8] के कूचे तो पहले ही से बन्द थे अब
हम ऐसे शोरीदः-सरों[9] पर तंग हुए मयख़ाने भी

जब लम्हों में साल गुज़ारे ग़ैरों ने भी साथ दिया
जब सदियों में लम्हे काटे टूट गए याराने भी

---

1. सुबह ही सुबह 2. उदास 3. साज़ की छाती 4. दुःखित व्यक्तियों के 5. शराब के प्याले को यहां-वहां देना (चक्र) 6. सुबह 7. वफ़ादारी का ग़म 8. पुनीतता का नगर 9. दीवानों

हम जो तेरी नैन नदी में डूबे भी तो क्या डूबे
दिल में ग़मे-दौरां[1] की बातें, लब[2] पे तेरे अफ़साने भी

शहर की बर्बादी पे तन्हा मयख़्वारों को रंज न था
जाम-ओ-सबू[3] भी अफ़सुर्दा[4] थे रोते थे मयख़ाने भी

आओ पहले मिलकर इन राहों से कांटे दूर करें
होंगी फिर कलियों की बातें फूलों के अफ़साने भी

चलती फिरती लाशों से हम प्यार की बातें करते हैं
अहले-ख़िरद[5] भी हम से ख़फ़ा हैं नालां[6] हैं दीवाने भी

फिर देखे हम कैसे उस पर जान निछावर करते हैं
कोई हमें अपना भी जाने कोई हमें पहचाने भी

(मन्शूर, कराची)

'साहिर' होशियारपुरी

बेतरह दिल ख़ुशी से डरता है
कौन इतना किसी से डरता है

उफ़ री नैरंगियां[7] ज़माने की
आदमी आदमी से डरता है

दुश्मनी ही न हो मआल[8] इसका
दिल तेरी दोस्ती से डरता है

---

1. सांसारिक ग़म 2. होंट 3. प्याला और सुराही (मदिरा-पात्र) 4. उदास 5. बुद्धिमान 6. नाराज़ 7. विचित्रताएं 8. परिणाम

ये भी है इक तअल्लुके-ख़ातिर[1]
कौन वर्ना किसी से डरता है
मंज़िलें गर्द बन गईं फिर भी
रहनुमा[2] रहबरी[3] से डरता है
इश्क़ फ़र्मारवा-ए-हफ़्त-अफलाक[4]
आपकी बरहमी[5] से डरता है
जब से वो बेवफ़ा हुए 'साहिर'
दिल मेरा हर किसी से डरता है

(महफिल, लाहौर)

'सैफ़' जुल्फ़ी

महका है ज़ख़्म-जख़्म, हवाएं हैं मनचली
बरसा है तेरी याद का सावन गली-गली

दीवार-ओ-दर तो राह में हाइल[6] न हो सके
आगे बढ़ूं तो पांव पकड़ती है बेकली

इक माहताब[7] था कि पिघलता चला गया
इक शमअ़ थी कि साथ मेरे रात भर जली

वो रौशनी जो तू ने हमें दी थी दिन ढले
वो रौशनी भी हम ने लुटा दी गली-गली

ये और बात हम ही उजालों से दूर हैं
वर्ना हमीं ने तेरी जबीं[8] पर शफ़क़[9] मली

---

1. सम्बन्ध 2. पथ-प्रदर्शक 3. पथ-प्रदर्शन 4. सातों आकाशों का शासक 5. नाराज़गी 6. बाधक 7. चांद 8. माथा 9. संध्या की लालिमा

साए का इक निक़ाब सा रुख़[1] पर बिखर गया
यारो सहर[2] जो उसके गिरेबान से ढली

शो'ला फ़शां[3] है शिद्दते-इदराक[4] से बदन
इक क़र्ब[5] के अलाव से दीवानगी भली

लौ दे उठी हैं बीते दिनों की रफ़ाक़तें[6]
बुझते शरर[7] भी आग बने वो हवा चली

(औराक़, लाहौर)

सुलेमान 'अरीब'

जो पा कर भी कुछ नहीं खोते, वो रोते हैं इस दुनिया में
आंसू हों दामन पे किसी के हम धोते हैं इस दुनिया में

अंधों की बस्ती में कब से आइने मैं बेच रहा हूं
मुझ जैसे भी अक़्ल के अंधे कम होते हैं इस दुनिया में

ख़्वाब अगर झूटे हों भी तो ता'बीरें सच्ची होती हैं
मेरी नींद उड़ाने वाले कब सोते हैं इस दुनिया में

जब वो मिले थे, ज़ख़्म हंसे थे, पात हरे थे, फूल खिले थे
कितनी रुतें आईं भी गईं भी हम रोते हैं इस दुनिया में

कांटों की बरसातें पा कर हमने तो गुल बांटे थे
फ़स्ल ख़ुशी की काटने वाले ग़म बोते हैं इस दुनिया में

सदियों की तहज़ीब के ख़ालिक़[8] क़ब्रें अपनी छोड़ गए हैं
और इन क़ब्रों की मिट्टी हम ढोते हैं इस दुनिया में

(उर्दू अदब, अलीगढ़)

---

1. चेहरा 2. सुबह 3. चिंगारियां छोड़ता हुआ 4. ज्ञान की तीक्ष्णता 5. पीड़ा, कष्ट 6. संगतियां 7. चिंगारियां 8. निर्माता

‘हफीज़’ जालंधरी

अब पूछना ही क्या मेरे माज़ी[1] व हाल[2] का
अफ़साना बन चुका हूं अरुजो-ज़वाल[3] का
नाज़ुक मुआमला था मगर ये खबर न थी
दिल टूट जाएगा मेरे दस्ते-सवाल[4] का

☙

मुझको अब तक यक़ीं नहीं आता
लोग कहते हैं मर गया हूं मैं
ये अदम[5] है, हयात[6] है, क्या है?
किस से पूछूं किधर गया हूं मैं?

☙

दौर[7] ये है कि दौरे-मय[8] भी नहीं
और—ऐसी तो और शै भी नहीं
मयकदे[9] बन्द हैं तो मसजिद तक
हम से होगी ये राह तै भी नहीं

(नकूश, लाहौर)

---

1. अतीत 2. वर्तमान 3. उत्थान तथा पतन 4. मांगने के लिए बढ़ाया हुआ हाथ 5. अनस्तित्व 6. जीवन 7. काल, समय 8. शराब का पीना-पिलाना 9. मधुशाला

विविध

तीन शे'र | 'नासर' काज़मी

हवा भी चल रही है और जागती है रात भी
जो आप कुछ कहें तो हम सुनाएं दिल की बात भी

तेरे बग़ैर भी ख़ाली नहीं मेरी रातें
है साया मेरे साथ हमनशीं[1] की तरह

ऐ यादे-दोस्त आज तू जी भर के दिल दुखा
शायद ये रात हिज्र की आए न फिर कभी

(सीप कराची)

---

1. साथी

रुबाइयां

'अख़्तर' अन्सारी

क्या क़हृ[1] को मा'बूद[2] पिए बैठा है
इन्साफ़[3] के होटों को सिये बैठा है
आदम ने बना डाले जहन्नुम लाखों
तू एक जहन्नुम को लिए बैठा है

(बीसवीं सदी, दिल्ली)

मेरा ही नहीं सबका भला हो या रब
मरहूने-असर[4] सबकी दुआ हो या रब
तख़सीस[5] से क्या काम तेरी रहमत[6] को
बर्बादी-ए-दिल[7] सबको अता[8] हो या रब

(नकूश लाहौर)

---

1. अत्याचार, अन्याय 2. ख़ुदा 3. न्याय 4. प्रभावशाली 5. विशेषता (पृथक्-पृथक् व्यवहार) 6. अनुकम्पा 7. दिल की बर्बादी 8. प्रदान

ओंधे मए-रजअत[1] के प्याले कर दो
बर्बाद तबाही के सब आले[2] कर दो
जो फ़िक्र[3] तही-दस्त[4] है माज़ी[5] की मताअ़[6]
उस फ़िक्र को माज़ी के हवाले कर दो

'जोश' मलीहाबादी

ग़म के हाथों कभी ख़ुशी में आए
रोने के मज़े कभी हंसी में आए
कश्ती ही भंवरगाह[7], भंवर ख़ुद कश्ती
क्या-क्या तूफ़ान ज़िन्दगी में आए

अब छांव कहीं पाई नहीं जाती
उफ़ धूप की दाराई[8] नहीं जाती
कस नाव के डूबने की दिल पर है ये चोट
साहिल की हवा खाई नहीं जाती

---

1. प्रतिक्रियावाद रूपी शराब 2. आयुध, हथियार 3. चिन्तन अथवा दर्शन 4. ख़ाली हाथ (वंचित) 5. अतीत 6. पूंजी 7. भंवरस्थल 8. सरदारी

क्या लोग रवां-दवां[1] हैं चश्मे-बद दूर[2]
शादाब-ो-शिगुफ़्ता-ो-बहाले - मसरूर[3]
बग़लों में छुपाए हुए अपने करतूत
कांधों पे बिठाए हुए औरों के क़ुसूर[4]

(अफ़कार, कराची)

'सहबा' अख़्तर

गो[5] सरहदे-इदराक[6] से टकराता हूं
कब अपना कहीं कोई निशां पाता हूं
क्या मेरी हक़ीक़त है, मगर इतना है
वो ख़्वाब हूं जो ख़ुद को नज़र आता हूं

शर्माई रहेगी युंही कलियों की महक
धुंदलाई रहेगी युंही तारों की चमक
आफ़ाक़[7] से होगी न कोई सुब्ह तुलूअ[8]
लहराते रहेंगे तेरे गेसू[9] जब तक

1. गतिशील (चल फिर रहे) हैं 2. ख़ुदा बुरी नज़र से बचाए 3. प्रसन्न तथा खिले हुए 4. दोष 5. यद्यपि 6. बुद्धि की सामा 7. आकाश 8. उदय 9. केश

आंचल में छुपे रहते हैं ऐ क़ल्बे-हज़ीं[1]
वो चांद सा चेहरा, वो सितारा सी जबीं[2]
छूता हूं अगर हाथ तो कहता है कोई
अल्लाह नहीं, छोड़िये अल्लाह नहीं

(सीप, कराची)

1. व्यथित मन 2. माथा

क़त'ए

ज़फर अहमद निज़ामी

तेरी यादों का आसरा लेकर
जितने ग़म थे ग़लत[1] किए हमने
ज़िन्दगानी के अ़हदनामे[2] पर
ख़ून के दस्तख़त किए हमने

ज़िन्दगी के हर एक लम्हे[3] में
आरज़ुओं का तिलिस्म[4] टूट गया
और जब आरज़ू के दिन आए
ज़िन्दगानी का साथ छूट गया

ज़ीस्त[5] मअ़तूब[6] हो गई ऐ दोस्त
दिल्लगी ख़ूब हो गई ऐ दोस्त
जो भी दीवानगी की बात हुई
मुझसे मन्सूब[7] हो गई ऐ दोस्त

1. दूर किए 2. प्रतिज्ञा-पत्र 3. क्षण 4. जादू 5. जीवन 6. कोप-पात्र 7. सम्बन्धित

नरेश कुमार 'शाद'

किस क़दर एहतिराम[1] करते हैं
अपने पिंदार[2] अपनी ज़ात का हम
ऐसी कितनी हमाक़तें[3] हैं जिन्हें
नाम देते हैं तजुर्बात[4] का हम

छाई जाती है रूह पर मस्ती
ज़िह्न[5] को नींद आई जाती है
आप के गेसुओं की[6] ख़ुश्बू भी
कितने दिलकश सुरों में गाती है

है तरब[7] का अलम[8] से याराना
ज़िन्दगी मौत की सहेली है
तेरी दुनिया तो ऐ मेरे ख़ालिक़[9]
इक पुर-असरार[10] सी पहेली है

तेरी क़िस्मत में बदनसीब इन्सां
शादमानी[11] का है कहां इम्कां[12]
तू मसर्रत जिसे समझता है
वो तो है ग़म का आरिज़ी[13] फ़ुक़्दां[14]

(शमअ़, दिल्ली)

---

1. सम्मान 2. अहं 3. मूर्खताएं 4. अनुभव 5. मस्तिष्क 6. केशों की 7. प्रसन्नता 8. ग़म 9. निर्माता, खुदा 10. रहस्यपूर्ण 11. आनन्द 12. संभावना 13. अस्थायी 14. अभाव या अनुपलब्धता

दोहे

शबी फ़ारूक़ी

माथे चान्द पुनम का चमके ठोड़ी बीच इक तारा
तेरा ध्यान करूं तो रजनी कलजुग भी उजियारा

दिये की उतरन जिन आंखों की शोभा और बढ़ाए
उन आंखों से उतर गए तो कौन तुम्हें अपनाए

तुझसे मिले तो और हुआ कुछ पागल जिया उदास
बुझी है ओस की बूंद से गोरी कब सागर की प्यास

आंख खुली तो आन बिराजे बनकर सुख का सपना
आंख खुली तो अंग लगाए साथी था दुख अपना

अफ़ज़ल परवेज़

कीच ही कीच हैं नील कंवल तक, काए करूं उपाय
इक पल खींच निकारूं, दूजा और भी धंसता जाय

साहिल से कुछ सीपियां चुनकर ख़ुश हो बाल समान
ये सोचो कितनी कुटियायें निगल गया तूफ़ान

रैन बड़ी कलमुही, काया छाया एक करे
ऊषा की जय हो, हर आशा असली रूप भरे

बैरी नगरी-नगरी आप ही काल अलाव जलाए
दाना-दाना दान करे फिर अन्नदाता कहलाए

अंधियारी रातों के राही रैन है ऐसी घोर
शरण के कारण दस्तक दो तो बसती जाने चोर

दिल को ख़ून किया है हमने तब ये कबित कहे
वही गुणी इनको परखेगा जिसने दर्द सहे

(औराक़' और 'इमरोज़', लाहौर)